BERLIN 2323

FELDHOFF
SCHULZ

CARLSEN COMICS

Mein Dank

an Marina und Olaf, die mich so tapfer beim Kolorieren unterstützt haben, und ohne deren Hilfe dieses Buch niemals rechtzeitig fertig geworden wäre;
an Peter, der mit seinen Berlin-Aufnahmen den Grundstock gelegt hat;
an Angela und Carina für ihre Hilfe beim Lettering;
an Klaus F. und Klaus B. vom Pabel Moewig Verlag für ihre Unterstützung;
an meine beiden heldenhaften Redakteure Antje und Michael;
an Joachim und Steffen, die das Grundgerüst mitkonzipiert haben:
an Horst, für seine aufmunternden Gespräche;
an die Herstellung, die sich zum Schluss so sehr ins Zeug gelegt hat;
an Delia und Robin, die so lange ohne mich auskommen mussten;
und last not least, an meine treuen Leser, die mich über die ganzen Jahre begleitet und motiviert haben.

Ebenfalls von Dirk Schulz und Robert Feldhoff erhältlich:

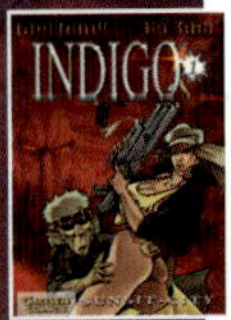

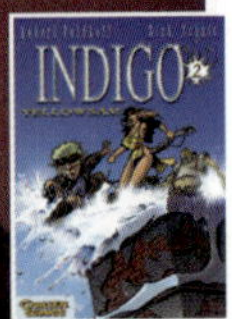

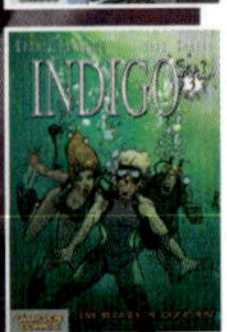

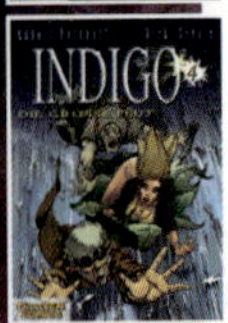

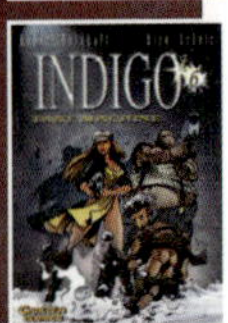

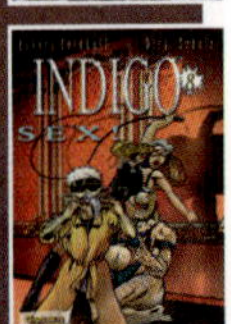

Robert Feldhoff (geboren 1962) lebt für die Zukunft. Seit 1987 ist er Autor von „Perry Rhodan"-Romanen und mittlerweile Chefautor der Serie. Er schrieb sowohl für die „Zeit" als auch den „Playboy", sein Roman „Grüße vom Sternenbiest" erhielt den SFCD-Preis als bester deutschsprachiger SF-Roman 1997. Für Dirk Schulz schrieb er die Szenarien der SF-Comicserien „Indigo" und „Chiq & Chloe".

Dirk Schulz (geboren 1965) wollte immer Comics zeichnen. Nach dem Designer-Diplom eröffnete er sein Grafikbüro Animagic, das vor allem Grafik für Videospiele, TV-Spots und das Internet entwirft. Als Comiczeichner arbeitete er an den Serien „Indigo", „Chiq und Chloe", „Parasiten" (mit Delia Wüllner) und „Celtis" (mit Jean Wacquet). Dirk Schulz ist auch Cover-Illustrator für „Perry Rhodan".

CARLSEN COMICS
1 2 3 4 08 07 06 05
Originalausgabe

Redaktion: Antje Haubner und Michael Groenewald
Lettering: Delia Wüllner-Schulz
Herstellung: Bettina Oguamanam / XiMOX!, Bielefeld
Druck und buchbinderische Verarbeitung:
Nørhaven Book A/S (Viborg/Dänemark)

ISBN 13: 978-3551-74321-3
ISBN 10: 3-551-74321-5
Printed in Denmark
www.carlsencomics.de

ERSTES BUCH
DIE MAUER STEHT
Berlin!
Anno 2323.
Gib dir das Abendrot am *Transmitter-Bahnhof*.
Tanz am *Tor* und kotz *Unter den Linden*. Und wenn du aufwachst, wenn dir dieser Geruch in der Nase hängt, den du nie wieder loswirst...
... dann ist das die *City*.
PARIS
POLSKI
He, da vorn!
Geht's da vorne weiter?
Die fette Sau.
OUTER PLANETS
Voila!
Siehst du, Indigo?
Tausend Lichtjahre durch den Spiegel.
Hat doch gar nicht wehgetan!
Berliner Mauer.
Haltestelle *Brandenburger Tor*.
Waff! Waff!
Wieso ist das alles so *beschmiert*?
Die Mauer war mal weg, aber man hat sie wieder aufgebaut, wie sie mal war. Eben mit *Graffitti*.
Ah! Da hinten ist der *Karneval!*
Was denn für'n Karneval?

Berlin ist pleite. War schon immer so. Deswegen der Karneval.
Ein Dutzend Routen am Tag. So kommt Ostmark in die City.
WOOOM WOOOM WOOOM
Ich hab Scilla.
Sie hat jemanden dabei.
Anscheinend so 'ne Art Pavian aus dem All.
Jedenfalls kein Berliner.
Das hier ist der Zug mit Heteros.
Brandenburger Tor bis Weltraumbahnhof Zoo und zurück.
Der Schwuchtelzug kommt vom Raumhafen Tegel.
Dann treffen sich alle an der Siegessäule und vögeln – natürlich nur die Touris.
Wie heißt der Kleine eigentlich?
Robbie.
Aber ich nenn ihn immer Kacker. Ist mir zugelaufen.
Na los, Kleiner.
Lauf zu!
Hee!
CLIC!
WAFF!
Sag mal, Scilla...
Wie sieht's eigentlich mit der Kohle aus, die du mir versprochen hast?
Wir treffen unseren Kontaktmann.
Im Alten Reichstag.
Frag mich dann noch mal.

Cha! Cha!
Spürst du's, Baby?
Im Arsch. Im Bauch.
Schalldruck, bis die Dinger wackeln.
Tanz, Volk!
SLAMM
Die Peitsche! Die Peitsche!
Mir auch, MC...!
Hammer!
Cool!
Tanzt, Raver! Tanzt!
Unterwegs!
Ich komme, Meister!
Weg von der Peitsche, Indigo!
Womm - womm - womm...!

Pass auf...
... wo du hintrittst!
Mann, ist der blöd.
Möchte wissen...
... was sie mit der Bratwurst aus dem All vorhat!
RAKK
Verehrtes Liebespaar!
Liebeslied zwei Ostmark!
GRRRRR
Verzisch dich. Wir sind keine Touris!
Wolle Rose kaufe?
Liebeslied zwei Ostmark!
Wolle Rose kaufe!
Kawumm!
Die besten Engelswächter!
RACK RACK
Kann sein, dass die Gegenseite schon auf uns wartet.
Nimm dich in Acht.
Seid ihr taub oder was?
Ja klar ist es laut. Ist das hier Karneval oder was!?!
Ich sagte: Feuer...!
WOOOM WOOOM WOOOM
SCRATCH TACKA SCRATCH

Sauf aus, Sportsfreund!
Was sagt Falk?
Weiß nicht. Alles zu laut!
Was soll er auch sagen...
Ich knall sie jetzt ab.
Hmm.
Riecht wie Pisse.
Ich glaub, es ist Pisse.
BLAM
BLAM
Wa...?
!!!
RATTA RATTAT
RATTATATATATATATATATAT
lass mich
verdammt noch
gaga alle gaga
Hilfe Hilfe
WOOOM
Mein Bein! Mein Bein!
OOOM
WOOOM
Ach du Scheiße!
Stasi!

Robbie!
Bei Fuß!
Stasi?
Stadt-Sicherheit.
Die Killer des Regierenden Bürgermeisters.
Dranbleiben!
Denkst du...
... ich bin blöd?
Wolle Rose kaufe?
BLAM
Cha! Cha!
WOMWOM WOM
BOOM
Tanz mit dem Heartbeat, Baby.
Tanz dich ins Nirvana.
Bis du es fühlen kannst.
WOOOOM

Millionen *Hinterhöfe.*
Alles voller Müll und Hundekacke.
Das ist Berlin.
Ihr *Versager!*
Sie sind *weg!*
Puh...!
Ich sag dir was, Scilla.
Da bin ich mal gespannt...
Diese Stasi-Typen schießen ganz, ganz *lausig.*
GRRRRRR

Das hängt sie endgültig ab.
Reichstag?
Oder wie heißt die Bude?
Hier könnte Ihre Werbung stehen!
'Ne Menge Hals-abschneider hier.
Pass auf dein Port-monee auf!
Billig!
Billig!
Billig!
Schnapp!
Hihi. Cool.
Bundesadler für null Ostmark.
Psst.
Leise.

Dein Mann wartet in 'nem Pornokino?
Na ja, eben der alte Plenarsaal.
Wir haben Plätze in der zweiten Reihe.
PSST!
PSST!
SSSST!
SSSST!
Tschuldigung.
Köpfe runter!
Er steckt ihn grad rein!
Oioioi.
Der is ja so groß wie meiner.
Schön.
S-2 bis Potsdamer Platz.
Bellevue Richtung Nordwest. Auf der linken Seite steht ein verfallenes Haus.
Köpfe runter!
Bist du irre oder was?
Siehst du die Hupen von der Tussi?

KEEP OUT
EINSTURZGEFAHR
Hmm...
Vielleicht gibt's einen Hinter-eingang?
KLIRR
So geht's natürlich auch.
Hallo Perle!
EINS wird schon unge-duldig!
Boah, ey. Treppen-steigen.
Mein Horror.
Ratte?
Wir sind's!
Nicht schießen!

Was sagst du, Perle...
Unser *Besuch* ist nicht der Schnellste...
Was ich bei dir immer sage.
Du Mistkerl.
RAASSSS
WOMM WOMM WOMM
Whoa! Kleine!
Mach mach mach ...!
Äh...
GRRRRRR
YOU

Ja hallo erst mal, ähm...
Ich bin Indigo.
Also, das ist er. Ich hab den Neuen gleich mal mitgebracht.
Herzlich willkommen.
Ich bin *EINS.*
Der Führer der *Anti-Stasi.*
SNIP
Wir werden dir ein bisschen was über unsere Stadt erzählen, Indigo.
Damit du unser Problem verstehst.
Lichter aus!
FUFFF

Berlin ist eine uralte Stadt, die mal *geteilt* war.
In links und rechts.
Ost und West.
Die globalisierte Ära.
Das Zeitalter der Raumfahrt.
Die Erde gehört der Union der Techniker.
Der Sprung zur *galaktischen Zivilisation*.
Aber da ist immer noch *Berlin*.
Die Teilung war natürlich längst Geschichte.
Chips?
Äh... was?
Allein Berlin bewahrt bis heute den *Exklavenstatus*. Eigene Gesetze. Eigene Regierung.
Berlin ist unabhängig — und verdient seinen Unterhalt als Partyhauptstadt des Systems.
Und natürlich als Museum.
Geil. Davon könnt ich 'ne ganze Tüte.
So ist das mit Chips.
Magie ist auf der Erde nicht möglich.
Das universelle *Magische Feld* hat rings um die Erde ein *Loch*.
Und zwar ein *künstliches* Loch.
Das von der *Union der Techniker* hergestellt wird.
Um sich vor den *Schwarzen Magierstaaten* der Galaxis zu schützen.
Ähmm...
Ich müsste mal kurzfristig schiffen.
Wo ist denn hier der Schacht?

Hautmann Falk, bitte *kommen!*
Krrk.
Hautpmann, wir...
Falk hier!
Hauptmann, wir glauben, dass wir sie wieder haben. Eine Ruine zwischen Mitte und Pankow.
Krrk.
Zieht die Kräfte zusammen.
Bin auf dem Weg.
Weiß bis jetzt nicht, was die eigentlich *wollen*.
Am besten...
... ich *verzisch* mich einfach. Zurück nach Hause.
Auf meinen lauschigen Planeten.
RRSS
Die sind mir nicht geheuer.
Alles *Fanatiker*.
Wenn nicht Scilla wär.
Chips?
Wohin so eilig?
Du wirst doch nicht...?
Frische Tüte!
Ich kenn dich doch, mein Lieber!
Fuck.
Die ist mir über.
CRRESPPr

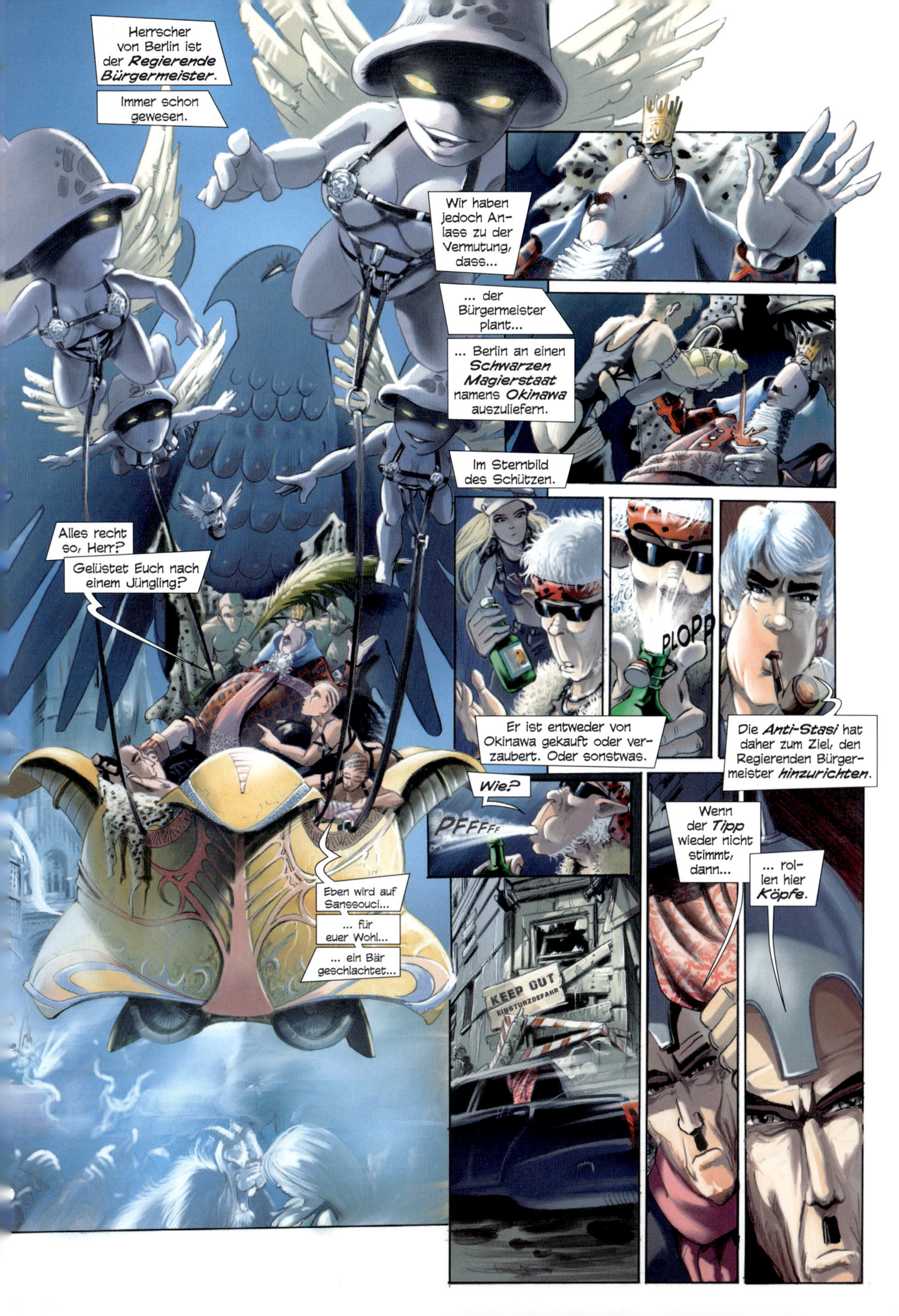

Herrscher von Berlin ist der *Regierende Bürgermeister*.
Immer schon gewesen.
Wir haben jedoch Anlass zu der Vermutung, dass...
... der Bürgermeister plant...
... Berlin an einen *Schwarzen Magierstaat* namens *Okinawa* auszuliefern.
Im Sternbild des Schützen.
Alles recht so, Herr?
Gelüstet Euch nach einem Jüngling?
Eben wird auf Sanssouci...
... für euer Wohl...
... ein Bär geschlachtet...
PLOPP
Er ist entweder von Okinawa gekauft oder verzaubert. Oder sonstwas.
Die *Anti-Stasi* hat daher zum Ziel, den Regierenden Bürgermeister *hinzurichten*.
Wie?
PFFFFF
KEEP OUT
EINSTURZGEFAHR
Wenn der *Tipp* wieder nicht stimmt, dann...
... rollen hier *Köpfe*.

Die Hinrichtung ist uns auch schon dreimal gelungen.
Ratte hat das gemacht.
Ratte hat Talent.
Ritsch.
Am Tag danach ist der Kerl wieder lebendig. Jedes Mal dasselbe. Wenn das nicht *Magie* ist...
Vielleicht ein *Nekromantiker*.
Irgendwer, den sie von Okinawa eingeschleust haben.
Also holen wir jemanden, der sich mit so was auskennt.
Mit Magie und so.
Mich!
Ausgerechnet!
In Berlin wurde das *Magische Feld* offensichtlich teilrekonstruiert.
Wir rechnen täglich damit, dass hier ein *Schwarzer Magier* auftaucht.
Wenn sie die Erde einnehmen wollen, geht das am besten von Berlin aus.
Sobald den *Schwarzen* Berlin gehört, rollen sie die Erde von innen auf.

Moment mal!
Kann man nicht diese Techniker rufen? Die von der Union?
Könnte man.
Die neigen aber zu klaren Entscheidungen.
GRRRR RRRRR
Ver-schwinde, Vieh!
Die brauchen nur einmal »Okinawa« zu hören.
Dann geht eine Antimateriebombe auf die Stadt runter.
KAIIII
Lass ihn bloß in Frieden, Ratte!
Das löst alle Probleme von hier bis Potsdam.
Wir glauben, dass der Regierende Bürgermeister die Magier deckt. Mindestens einen von ihnen.
Der Bürgermeister muss weg. Aber er ist eben magisch.
Wir wissen nicht, was ihn umbringt. Oder ihn zerstört.
TATATATAT
RATATATATT
Seid ihr alle gaga oder was?
Ich helf euch doch nicht, in dieser durchgeknallten Kackstadt jemanden umzunieten!
Bin ich 'n Killer oder was?
GLUCK GLUCK GLUCK
Verzeihung, aber...
... der Killer bin ich.
Du bist höchstens Killer-Praktikant.

Es ist ohnehin kein gewöhnliches Umnieten gemeint.
Eher eine Art Exorzismus.
Der Kerl, den sie da durch den Karneval ziehen, ist eine Fälschung.
Eine Karikatur.
EINS ist lediglich mein Deckname.
Ich bin der rechtmäßig amtierende Bürgermeister!
Was wiederum bedeutet, bei Wiedereinsetzung in mein rechtmäßiges Amt...
... steht meinen Helfern eine fürstliche Besoldung zu.
Quasi ein Erfolgshonorar.
KLIK
Scilla glaubte, dieses Detail könnte für dich von Interesse sein.
Erfolgshonorar?
Chips?
KEEP OUT
STASI
STASI
STASI

Stasi!
Sie sammeln sich draußen vor dem Haus!
RRUMM
Der Notausgang!
Beeilt euch!
Kleine Zwischenfrage...
Später!
WOOOMM
BOOMM
RATATATTAT
RATTATTAT ATT
Samples von...
... alten Kalaschnikow-MGs.

Berlin hat 'ne uralte Unterwelt.
Kilometerweit Schächte, die heute keiner kennt... Nirgends eingezeichnet.
RATTATTAATRATT
RATTATATATTATAT
Kann man das nicht...
... abstellen?
Das geht mir zu einfach.
Irgendwas...
... stinkt.
WOOOOMM
Das war's, Hauptmann Falk!
Ein für alle Mal!
Schwachkopf.
Sie waren natürlich längst nicht mehr im Haus.

Vorsicht, Indigo!
Da vorn wird's *schlüpfrig*.
Pass auf Robbie auf! Oder ich kill dich, kapiert?
Blödmann sein Gehilfe. Echt.
Was wollen wir mit *dem*.
Helft ihm! Sonst ertrinkt er in der *Gülle*.
Armer *Robbie*!
hier hinten
kommt mal rüber
lasst euch Zeit, solange
Rettungsschweber
Irgendwelche *Leichen*?
Nur die *eigenen*, Hauptmann!

WANTED
WAFF!
Wolle *Rose* kaufe?
RENA
Wir treffen die anderen morgen wieder.
Du wohnst bei mir.
Hast du eigentlich 'ne *Dusche*?

ZWEITES BUCH
TANZ, VOLK!
Mach hier nichts schmutzig, Indigo.
O Mann, bist du ein Schwein.
Schon die Fotos gesehen, Indigo?
War eine nette Zeit damals. Ein gutes Team.
Wie lange ist es her? Zehn Jahre?
Robbie!
Verflucht, Vieh, wo steckst du?
Mann. Zehn Jahre.
Ob sie immer noch dieselben Glocken hat?

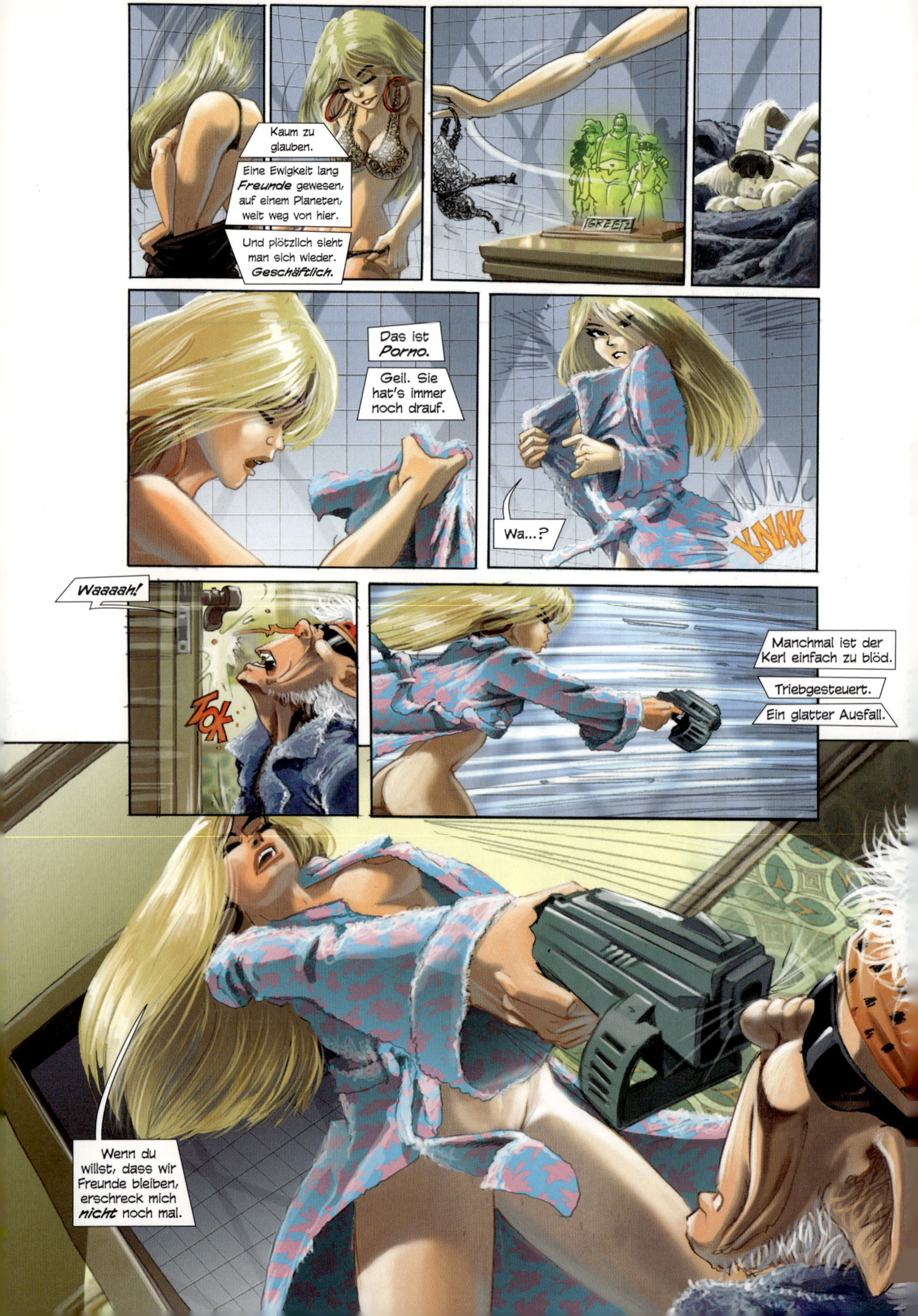
Kaum zu glauben.
Eine Ewigkeit lang *Freunde* gewesen, auf einem Planeten, weit weg von hier.
Und plötzlich sieht man sich wieder. *Geschäftlich.*
GREETZ
Das ist *Porno.*
Geil. Sie hat's immer noch drauf.
Wa...?
KNAK
Waaaah!
TOK
Manchmal ist der Kerl einfach zu blöd.
Triebgesteuert.
Ein glatter Ausfall.
Wenn du willst, dass wir Freunde bleiben, erschreck mich *nicht* noch mal.

Was ist überhaupt aus Yellowsam geworden?
Du meinst den Büffel?
Äh... Nachdem du weg warst, hat sich das alles zerstreut.
Manchmal gehen wir saufen. Wenn einer Geld hat.
Zuerst hab ich euch zwei hier richtig vermisst.
Das war 'ne tolle Zeit, damals.
Ich weiß gar nicht mehr...
... wie viele Schwarze Magier wir zusammen fertig gemacht haben!
So ist das, Indigo... Nachdem ich weg war aus Sunsit-City, bin ich nach Hause zurück.
Meine Eltern wieder sehen, weißt du?
Aber meine Eltern waren tot.
Was macht man, wenn man entwurzelt ist?
Man geht nach Berlin.
Und Ratte?
Woher hast du den?
Ach, Ratte...
Er war da, als ich jemanden brauchte...
... und brachte mich zur Anti-Stasi.
Ironie, nicht wahr? Ich will die Stadt beschützen, die ich nicht gut kenne.
Ratte ist hier aufgewachsen, und er will am Ende nur Geld.
Bist du verknallt in ihn?
Naja. Klar.

WOMM
WOMM
WOMM
Und der *Bürgermeister*, Scilla? Was ist mit dem?
Eines Morgens erwachte er und lag im *Rinnstein*.
Stattdessen regierte der Betrüger.
Der nach jeder Hinrichtung wieder aufsteht.
Von dem keiner weiß, wer er *ist*.
Tanz, Volk!
Tanz!
Heute persönlich an den *Turntables*...
Der *Master of Ceremonies*...
WOMM
Euer Regierender Bürgermeister!
Herrscher des Volkes.
Die Party-People rasten aus.
Richtung *Tiergarten*.
Zum Regierungssitz.
WOMM WOMM
WOMM
Bis zum Stehkragen voll *Ecstasy*.
Er wird ein bisschen *chillen* wollen.
Dranbleiben.
Ich will das sehen.

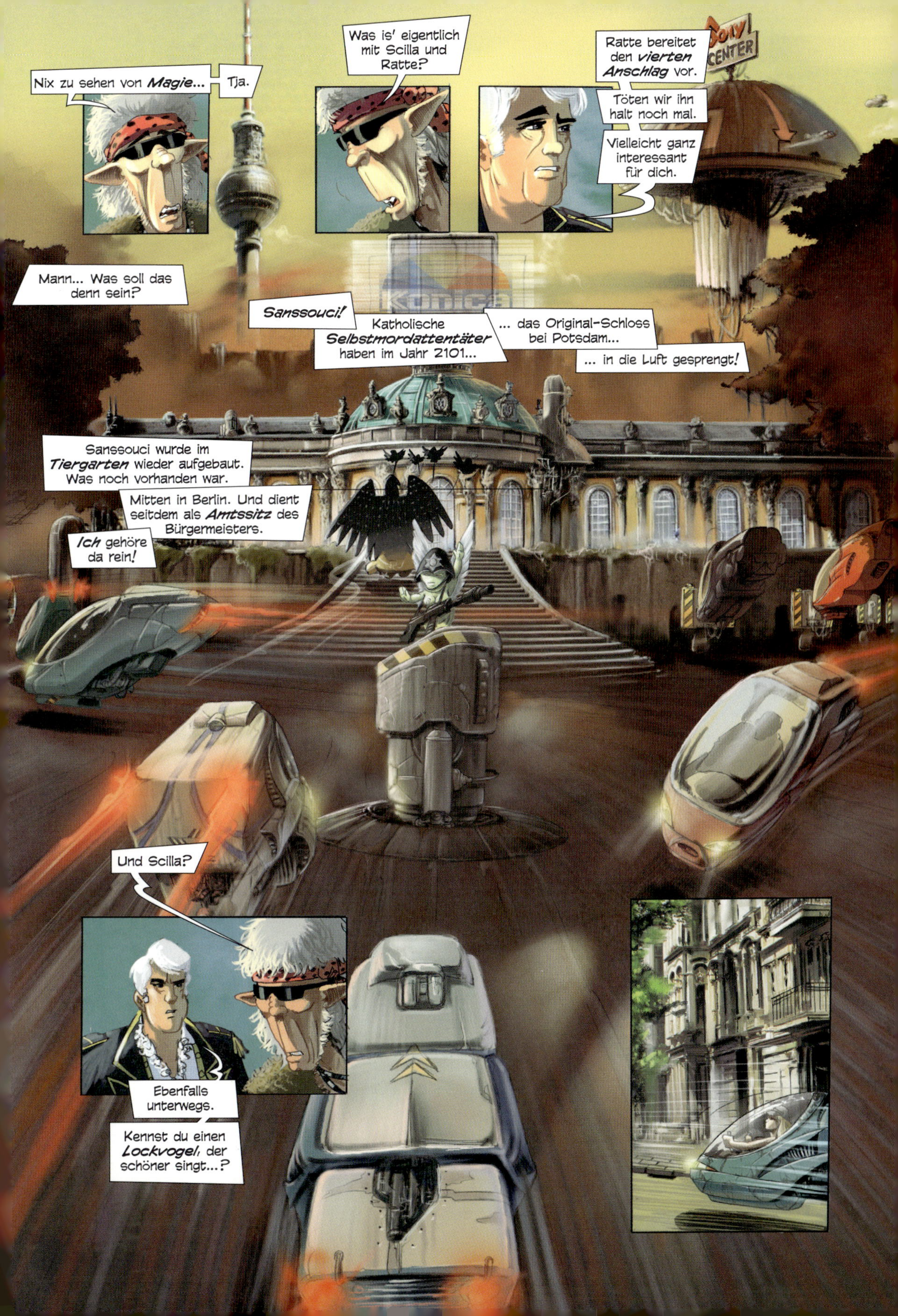
Nix zu sehen von *Magie*...
Tja.
Was is' eigentlich mit Scilla und Ratte?
Ratte bereitet den *vierten Anschlag* vor.
Töten wir ihn halt noch mal.
Vielleicht ganz interessant für dich.
Mann... Was soll das denn sein?
Sanssouci!
Katholische *Selbstmordattentäter* haben im Jahr 2101...
... das Original-Schloss bei Potsdam...
... in die Luft gesprengt!
Sanssouci wurde im *Tiergarten* wieder aufgebaut. Was noch vorhanden war.
Mitten in Berlin. Und dient seitdem als *Amtssitz* des Bürgermeisters.
Ich gehöre da rein!
Und Scilla?
Ebenfalls unterwegs.
Kennst du einen *Lockvogel*, der schöner singt...?

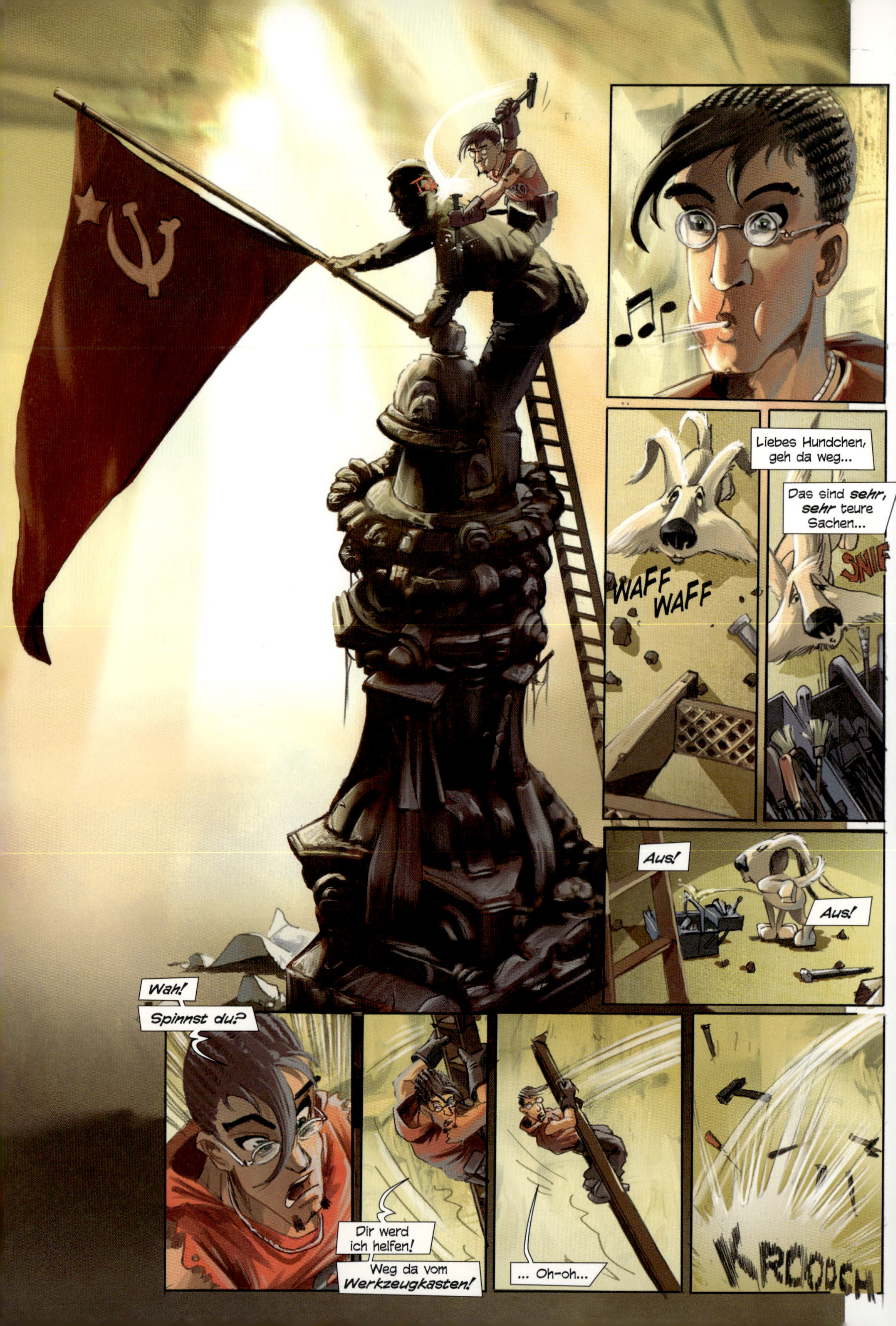
Liebes Hundchen, geh da weg...
WAFF WAFF
Das sind *sehr, sehr* teure Sachen...
SNIF
Aus!
Aus!
Wah!
Spinnst du?
Dir werd ich helfen!
Weg da vom *Werkzeugkasten!*
... Oh-oh...
KROOCH

Aber...
Wie kommt *ihr* denn hier rein?
Hallo!
Mein Name ist Scilla.
Das ist Robbie.
Ich wollte mich als *Praktikantin* bewerben.
Äh...
Ist das Ihr Hund?
Nein, leider nicht...
Warte mal...
... ich *helfe* dir kurz!
WAFF
Der gehört 'nem *Bekannten*.
Die *Schatztruhe* der Berliner Geschichte.
Ich fühle es wie eine *Berufung!*
Ganz tief in mir.
Willst du mal fühlen?
Du... arbeitest doch für den *Bürgermeister?*

Männer.
Kennst du einen, kennst du alle.
Ich bin übrigens Orlando.
Ziehen Sie das an, Fräulein.
Äh...
Ich könnte tatsächlich Hilfe brauchen.
Berlin gammelt uns unter den Händen weg.
Reicht.
Sonst kriegt der Typ noch...
... 'nen Herzinfarkt.
RIIP
Na?
Wie seh ich aus?
Äh... Ganz vorzüglich, Fräulein Scilla.
Beschläge für die Badezimmer des Bürgermeisters.
Original Kaiserzeit. Vierhundert Jahre alt.
Die polieren Sie erst mal, bis sie glänzen.
Dann sehen wir weiter.
Wah.
Weiberarbeit.
Der traut sich was!
Das zahl ich dir heim.
Bursche, wenn das Ratte hört...

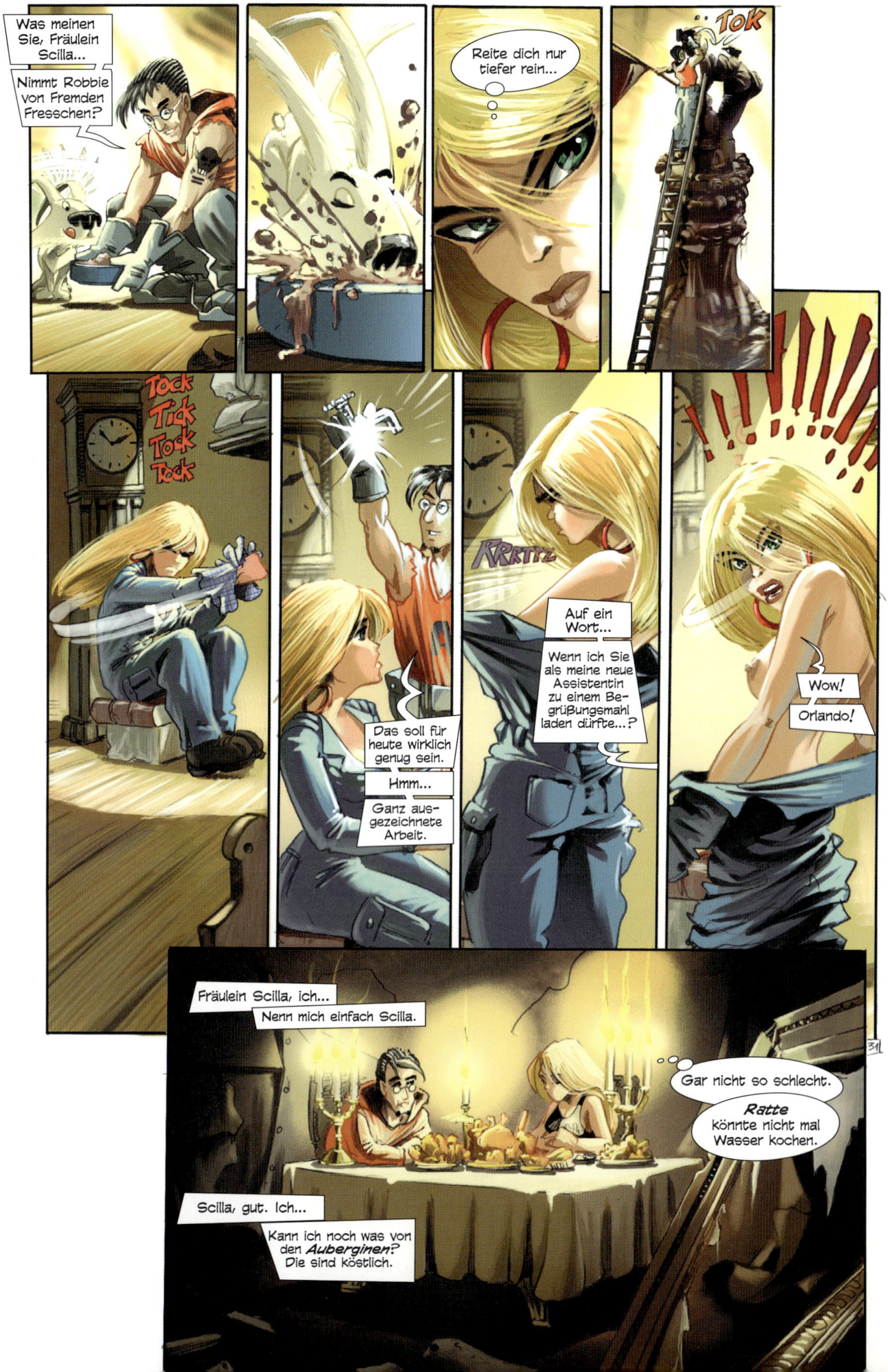
Was meinen Sie, Fräulein Scilla...
Nimmt Robbie von Fremden Fresschen?
Reite dich nur tiefer rein...
TOK
Tock
Tick
Tock
Tock
Das soll für heute wirklich genug sein.
Hmm...
Ganz ausgezeichnete Arbeit.
KRRTTZ
Auf ein Wort...
Wenn ich Sie als meine neue Assistentin zu einem Begrüßungsmahl laden dürfte...?
Wow!
Orlando!
Fräulein Scilla, ich...
Nenn mich einfach Scilla.
Gar nicht so schlecht.
Ratte könnte nicht mal Wasser kochen.
Scilla, gut. Ich...
Kann ich noch was von den *Auberginen*? Die sind köstlich.

Bedienung!
Der Braten war hier!
... du verdammtes verwanztes...
Ober!
Haha, Bier her, Bier her...
... fall gleich über die her, so geil bin ich nach der ganzen...
Drei grüne Türken für die Tussen an 12!
Ssst.
Seht ihr die?
Die Kleine.
Eine *Göttin*.

Ich kann euch hören.
Die Schuhe mit den kalten Ledersohlen.
Ich kann euch spüren.
Eure pochenden Herzen und eure Gier.
Ein paar Tage noch.
Dann ist das alles hier zu Ende.
KNACK
Ich friere immerzu.
Kein Wunder, dass...
... Gott diese Welt verlassen hat.
Und seine Diener preisgibt.

KRRT
Bitte *nicht*...
Bitte bitte bitte *nicht*...
Bitte, ihr dürft *nicht*...
... weggehen.
Bevor ich mit euch fertig bin.
Alleine hab ich *Angst.*
Fürchte mich im Dunkeln.
Und suche doch die *Finsternis.*
Jetzt seid ihr bei mir.
Starke Männer.

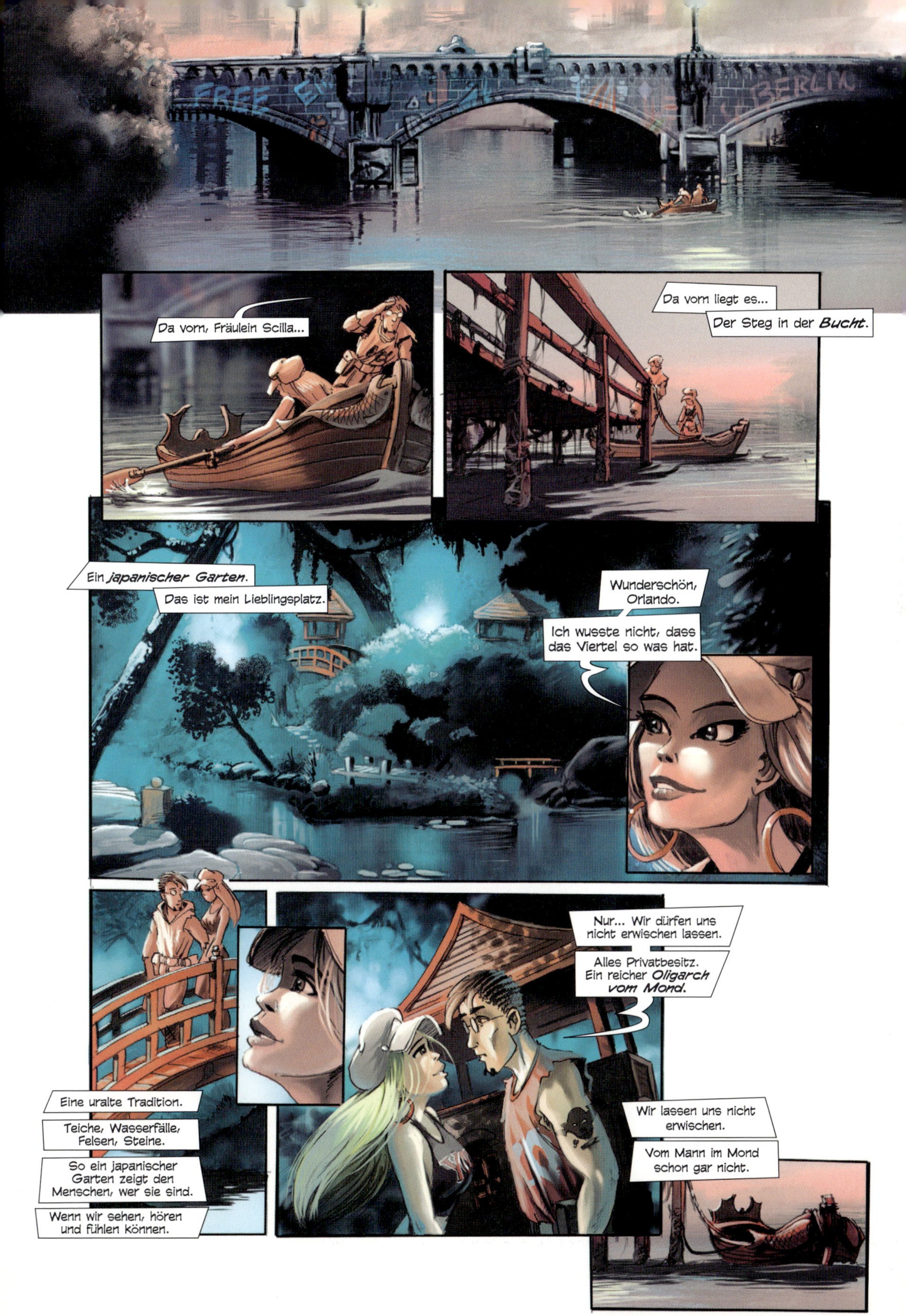

FREE
BERLIN
Da vorn, Fräulein Scilla...
Da vorn liegt es...
Der Steg in der **Bucht**.
Ein **japanischer Garten**.
Das ist mein Lieblingsplatz.
Wunderschön, Orlando.
Ich wusste nicht, dass das Viertel so was hat.
Nur... Wir dürfen uns nicht erwischen lassen.
Alles Privatbesitz. Ein reicher **Oligarch vom Mond**.
Eine uralte Tradition.
Teiche, Wasserfälle, Felsen, Steine.
So ein japanischer Garten zeigt den Menschen, wer sie sind.
Wenn wir sehen, hören und fühlen können.
Wir lassen uns nicht erwischen.
Vom Mann im Mond schon gar nicht.

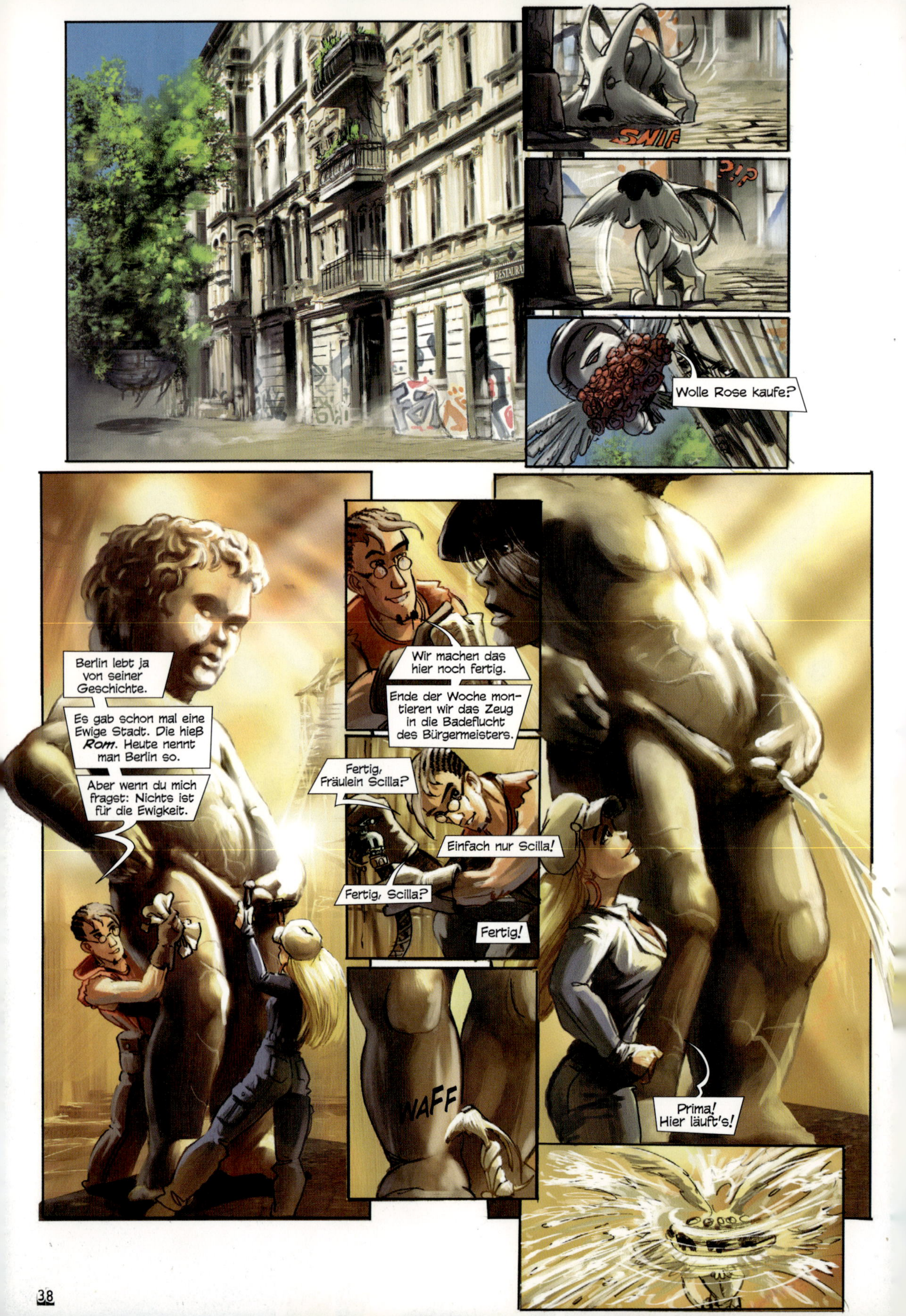
SNIF
?!?
Wolle Rose kaufe?
Berlin lebt ja von seiner Geschichte.
Es gab schon mal eine Ewige Stadt. Die hieß *Rom*. Heute nennt man Berlin so.
Aber wenn du mich fragst: Nichts ist für die Ewigkeit.
Wir machen das hier noch fertig.
Ende der Woche montieren wir das Zeug in die Badeflucht des Bürgermeisters.
Fertig, Fräulein Scilla?
Einfach nur Scilla!
Fertig, Scilla?
Fertig!
WAFF
Prima! Hier läuft's!

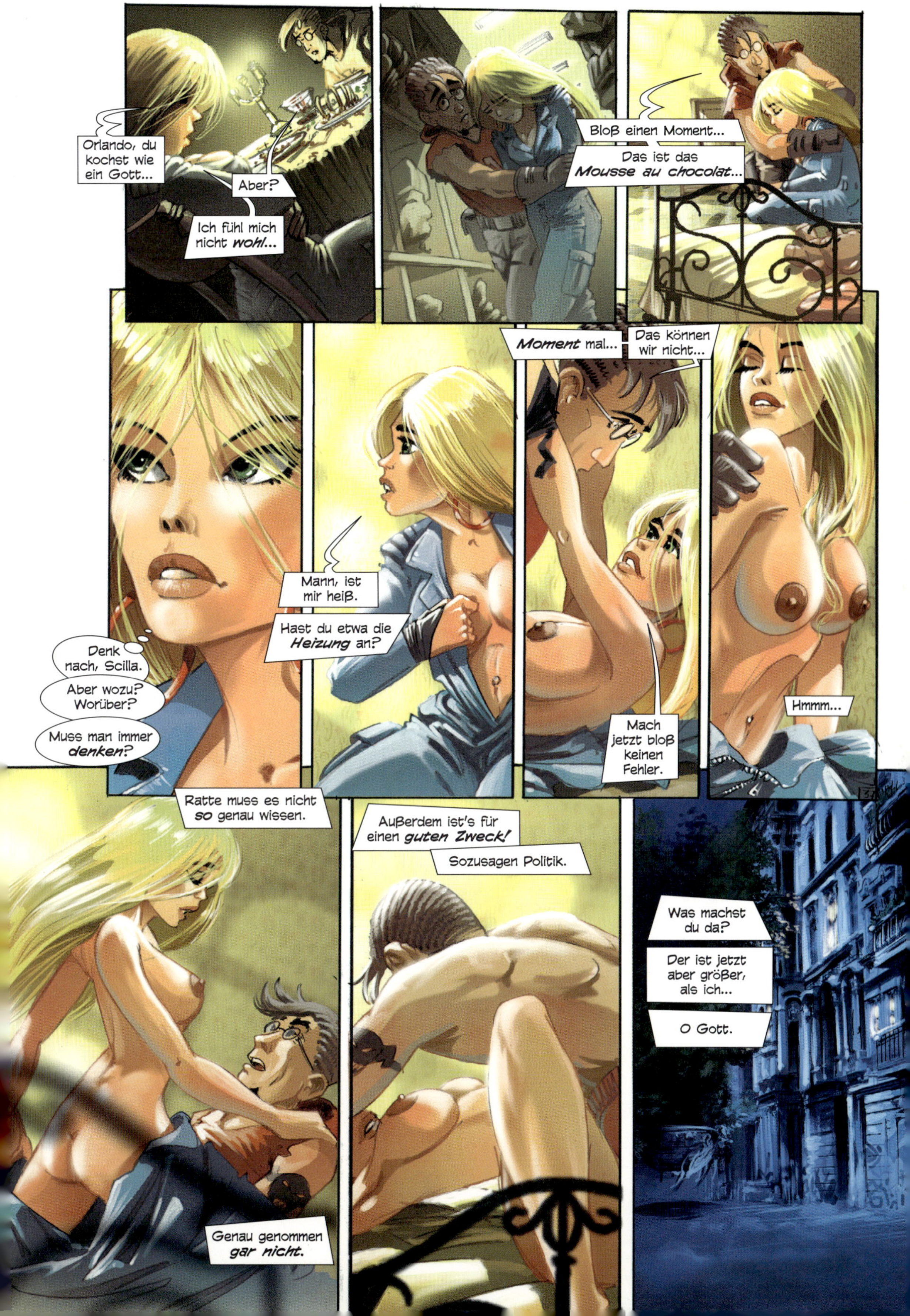
Orlando, du kochst wie ein Gott...
Aber?
Ich fühl mich nicht *wohl*...
Bloß einen Moment...
Das ist das *Mousse au chocolat*...
Denk nach, Scilla.
Aber wozu? Worüber?
Muss man immer *denken*?
Mann, ist mir heiß.
Hast du etwa die *Heizung* an?
Moment mal...
Das können wir nicht...
Mach jetzt bloß keinen Fehler.
Hmmm...
Ratte muss es nicht *so* genau wissen.
Genau genommen *gar nicht*.
Außerdem ist's für einen *guten Zweck!*
Sozusagen Politik.
Was machst du da?
Der ist jetzt aber größer, als ich...
O Gott.

Wirf mal ein *Magazin* rüber!
Kaliber?
Achtund-dreißig.
Liegen bei den *Handgra-naten*.
Nicht jetzt, Perle.
Ich muss dir was *sagen*, Ratte.
Doch.
Genau jetzt.
Also?
Was?
Ratte, ich mach *Schluss*.
Hast du dir das auch gut über-legt, Perle?
Das war immer die Abmachung.
Es geht, solange es geht. Bis ein *anderer* kommt.
Tut mir Leid, wenn ich dir den Tag versaue.
Ich hab mir das *gar nicht* überlegt.
Es ist aber trotzdem richtig.

WOMM WOMM
WOMM
Die *Tänzerinnen*. Vom Wagen davor.
Und dem dahinter.
Alles Stasi.
Wie ist der Plan?
Ratte will nahe ran. Keine Lenkwaffen.
Ratte will's *blutig*.
WOOOOM
Alarm!
BAD
BADOOM
BOOOM
Deckung!
Deckung!
KLIRR KLIRR

ZOIIINN
ZOI
CLONC
CLANC
WEEOOOOEEOOO
Ratte hier! Leitung steht.
Jetzt schon...?
Ratte Ende.
Tausendmal verfluchte Hunde!
Deckung, Deck...
BLAM
TATATAT
BUDDA BUDDA
Stopp.
Gleiches Theater.
Dasselbe Stück.
Letzter Aufzug, die Helden treten ab.
Und hopp...!
Action!
So, du Arsch.
Ich hatte einen verdammt schlechten Tag.

BLAM
Ach ja, übrigens...
Wer bist du denn, Stinker?
Irgendso ein Amateur...
... der bei den Großen mitspielt.
Perle.
Warum tust du mir das an?
Uff.
Wie mit dem Hammer in die Fresse.
Sag noch mal einer, Halsketten sind schwuchtelig.
WOMM
WOMM
WOMM
Tanz, Volk!
Tanz!
Wälzt euch in dem Blut und macht mich *glücklich!*

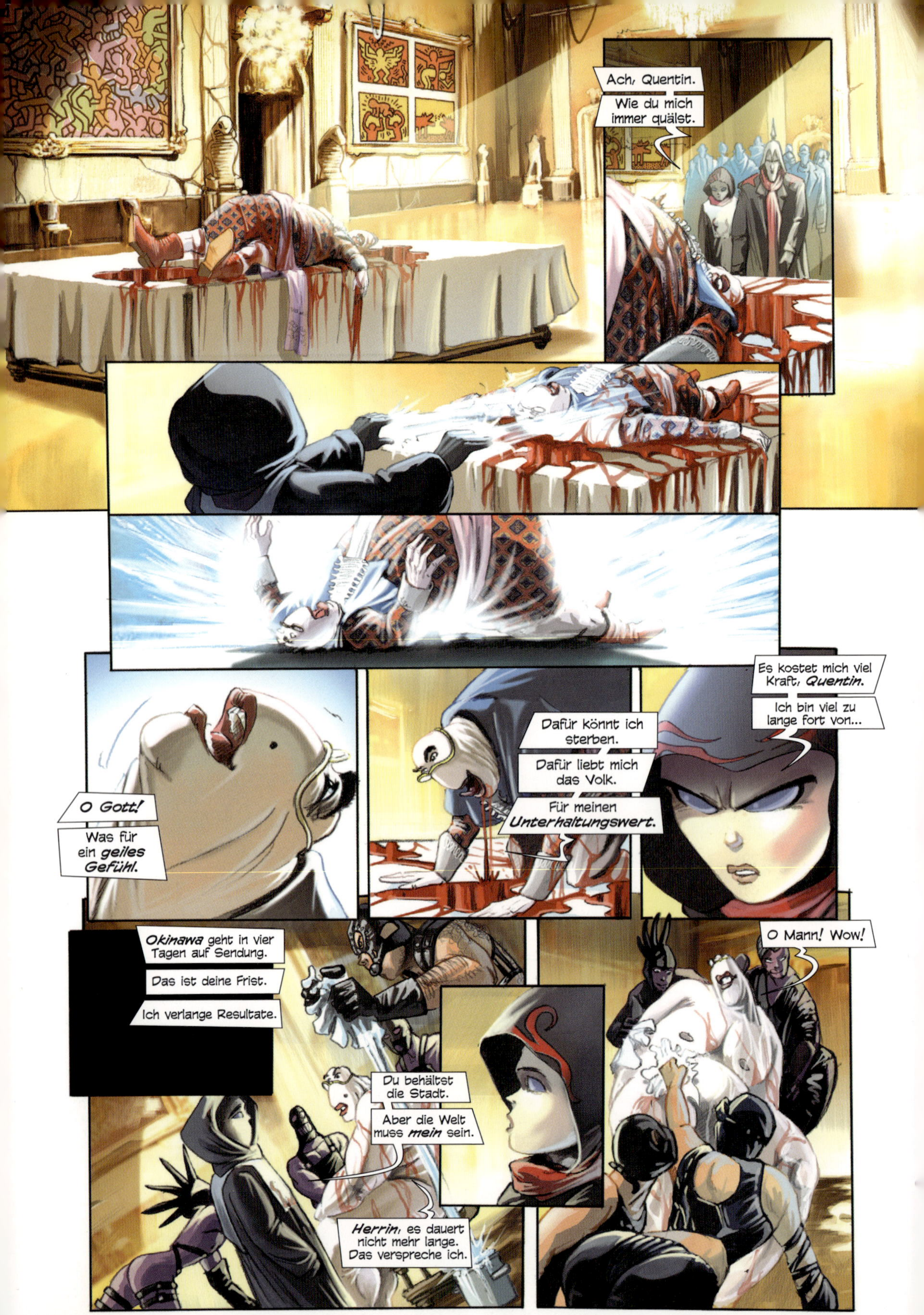
Ach, Quentin.
Wie du mich immer quälst.
O Gott!
Was für ein geiles Gefühl.
Dafür könnt ich sterben.
Dafür liebt mich das Volk.
Für meinen Unterhaltungswert.
Es kostet mich viel Kraft, Quentin.
Ich bin viel zu lange fort von...
Okinawa geht in vier Tagen auf Sendung.
Das ist deine Frist.
Ich verlange Resultate.
Du behältst die Stadt.
Aber die Welt muss mein sein.
Herrin, es dauert nicht mehr lange. Das verspreche ich.
O Mann! Wow!

Soll sie ver-recken, die Nutte!
Perle und Ratte.
Das war ein Team.
Was für die Ewigkeit.
Übrigens, die Nachricht kam grade rein...
Der Bürgermeister wurde gesehen.
Lebendig.
Mist... Der Kerl war Frikassee.
Einwandfrei Magie.
Irgendso ein Nekromantiker.
BECK'S
Die ganze Stadt ist ein einziges verdammtes Museum.
Wie soll ich da irgendwas finden...
... das magisch ist?
Das hat keinen Sinn so.
Erstens: Wir müssen in dieses Schloss rein.
Zweitens: Ich brauch andere Ausrüstung.
Einen Sensor.
Ich hab einen Termin...
... mit Haupt-mann Falk.

Ich besorg zuerst den *Mago-Sensor*.
Alles klar?
Dauert ein paar Tage.
FUPP
GRRRR
Lass mir Robbie solange in *Pflege* hier.
Meinetwegen.
Zu Hause nervt er sowieso bloß.
Pinkelt ständig in die Ecken.
OUTER PLANETS
Warte mal, Scilla.
Gib mir die Kontaktadresse.
Wieder so'n *Pornokino*?
Da muss ich dich enttäuschen.
Diesmal ist es *Kultur*.
Ich und Kultur.
Ich glaub, die Alte spinnt.

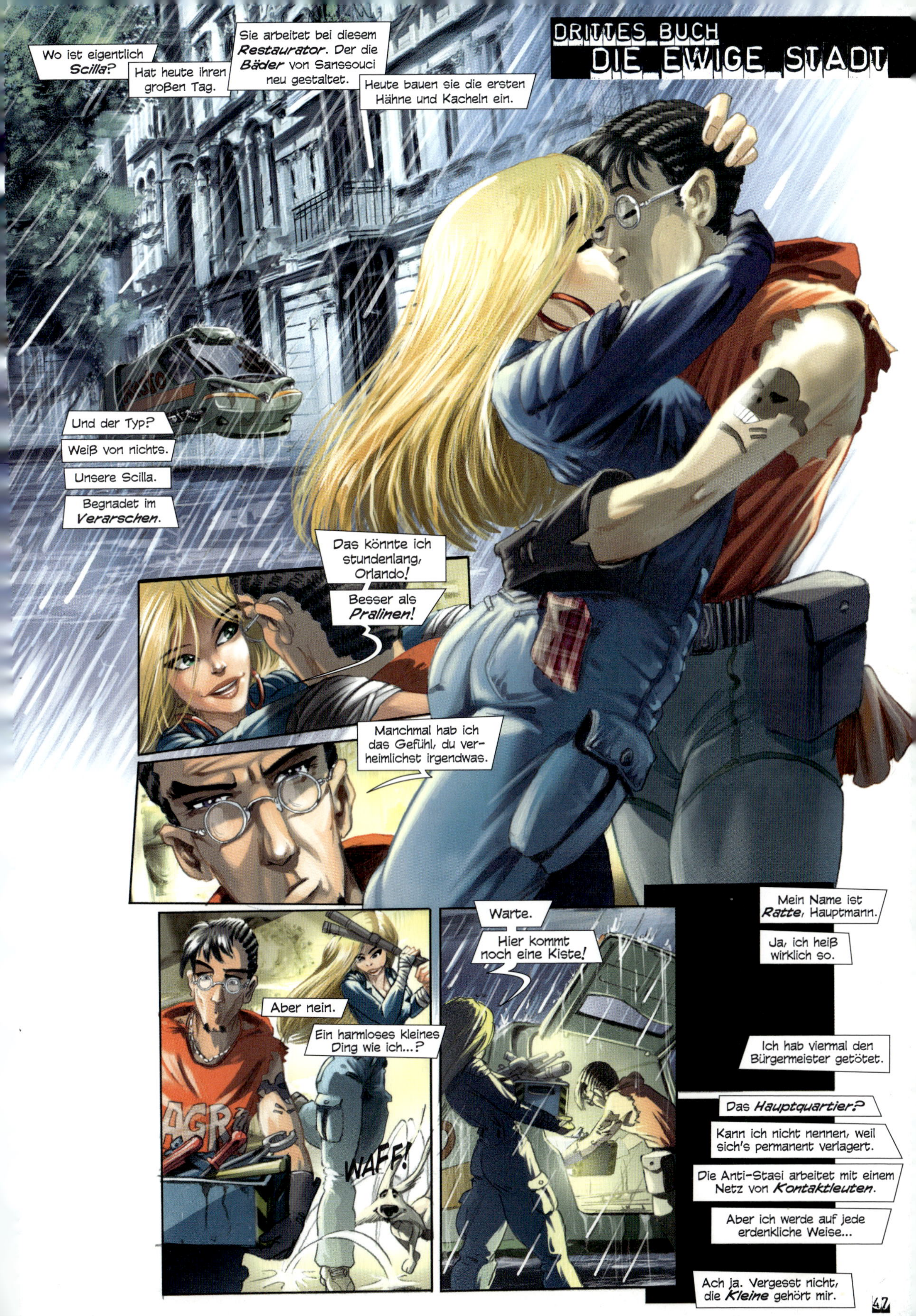
DRITTES BUCH
DIE EWIGE STADT
Wo ist eigentlich *Scilla*?
Hat heute ihren großen Tag.
Sie arbeitet bei diesem *Restaurator*. Der die *Bäder* von Sanssouci neu gestaltet.
Heute bauen sie die ersten Hähne und Kacheln ein.
Und der Typ?
Weiß von nichts.
Unsere Scilla.
Begnadet im *Verarschen*.
Das könnte ich stundenlang, Orlando!
Besser als *Pralinen*!
Manchmal hab ich das Gefühl, du verheimlichst irgendwas.
Aber nein.
Ein harmloses kleines Ding wie ich...?
WAFF!
Warte.
Hier kommt noch eine Kiste!
Mein Name ist *Ratte*, Hauptmann.
Ja, ich heiß wirklich so.
Ich hab viermal den Bürgermeister getötet.
Das *Hauptquartier*?
Kann ich nicht nennen, weil sich's permanent verlagert.
Die Anti-Stasi arbeitet mit einem Netz von *Kontaktleuten*.
Aber ich werde auf jede erdenkliche Weise...
Ach ja. Vergesst nicht, die *Kleine* gehört mir.

Ah. Die *Restauratoren*.
Lasst sie rein.
Master Orlando...
Mistress Scilla...
Zu eurer Verfügung...!

Wow!
Hätte nicht gedacht...
... dass die Bude dermaßen abgefahren ist!
WAFF WAFF
KLICK
KLICK
Orlando...
Siehst du die Gemälde?
Und das da?
KLICK KLICK KLICK
Keith Haring.
Ignorante Narren. Haring in altdeutschem Rokoko.
Hier will ich Voltaire sehen...! Friedrich den Großen!
Aber das da...!
Entschuldige die Unterbrechung!
Ich hab da was...
... gehört!
Aber...
Wow!

KLICK
Schlagt nieder Eure Blicke.
Orlando...
Wir müssen hier *weg*.
KLICK
O Gott.
Verbrecher sind das.
Je eher wir anfangen, desto mehr können wir retten.
KLICK
KLICK
Ist noch *Zement* da?
Wird grade angemengt...
Wo ist eigentlich *Robbie*?
Wenn du noch mal *ausreißt*...
... verfüttern wir dich an die *Schlosskatzen*!

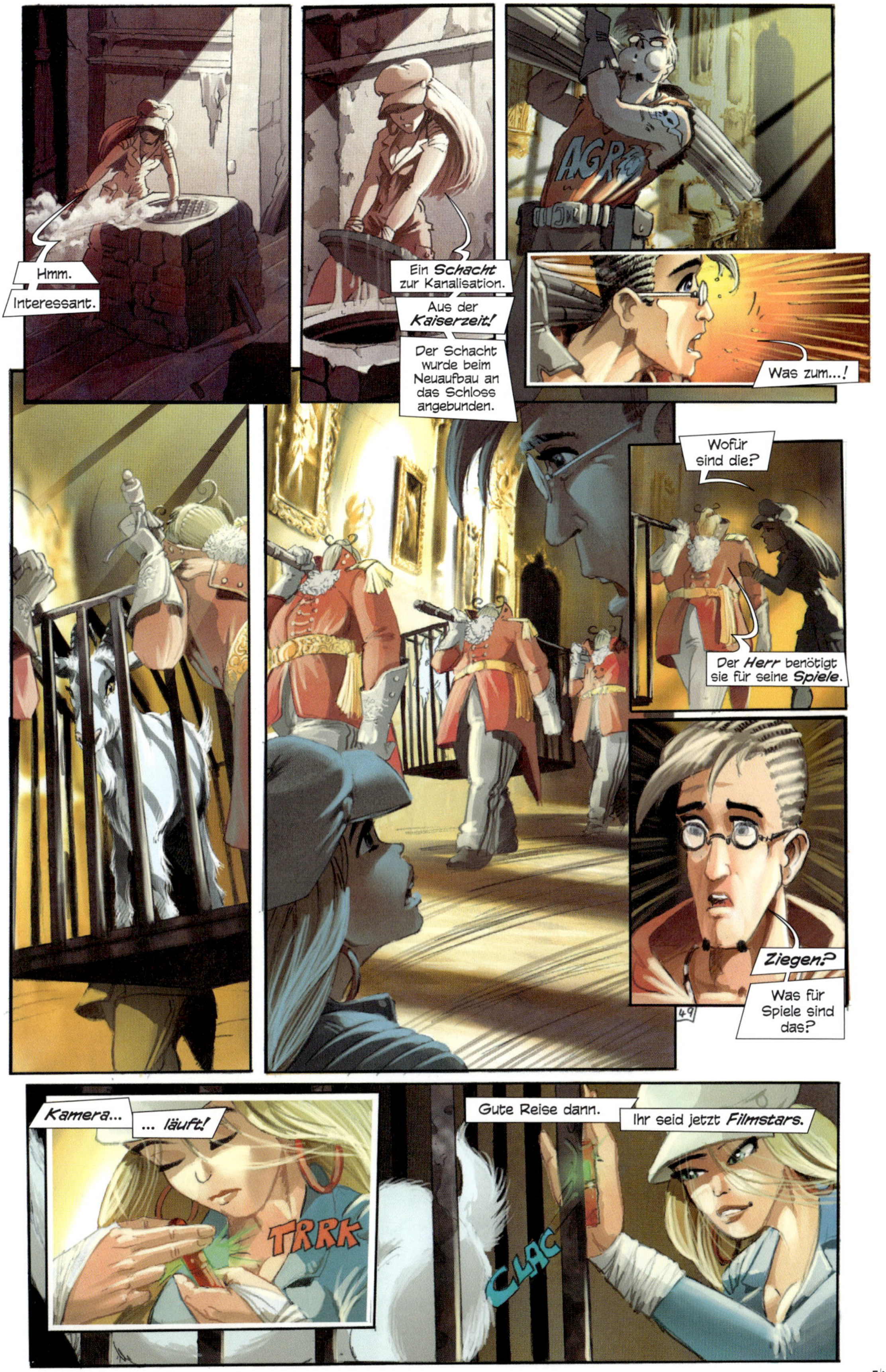

Hmm.
Interessant.
Ein *Schacht* zur Kanalisation.
Aus der *Kaiserzeit!*
Der Schacht wurde beim Neuaufbau an das Schloss angebunden.
AGR
Was zum...!
Wofür sind die?
Der *Herr* benötigt sie für seine *Spiele*.
Ziegen?
Was für Spiele sind das?
Kamera...
... läuft!
TRRK
Gute Reise dann.
Ihr seid jetzt *Filmstars*.
CLAC

Die neuen Sklaven für eure *Menagerie.*
Sie sind eingetroffen.
In bestem Zustand, Herr!
Herr!
Bitte, Herr!
Tatsächlich?
Die *Ziegen* oder die *Affen?*
Ziegen.
Affen sind schwer zu beschaffen.
TOK TOK
Hattest du einen guten Tag...
... mein *geiles Stück?*

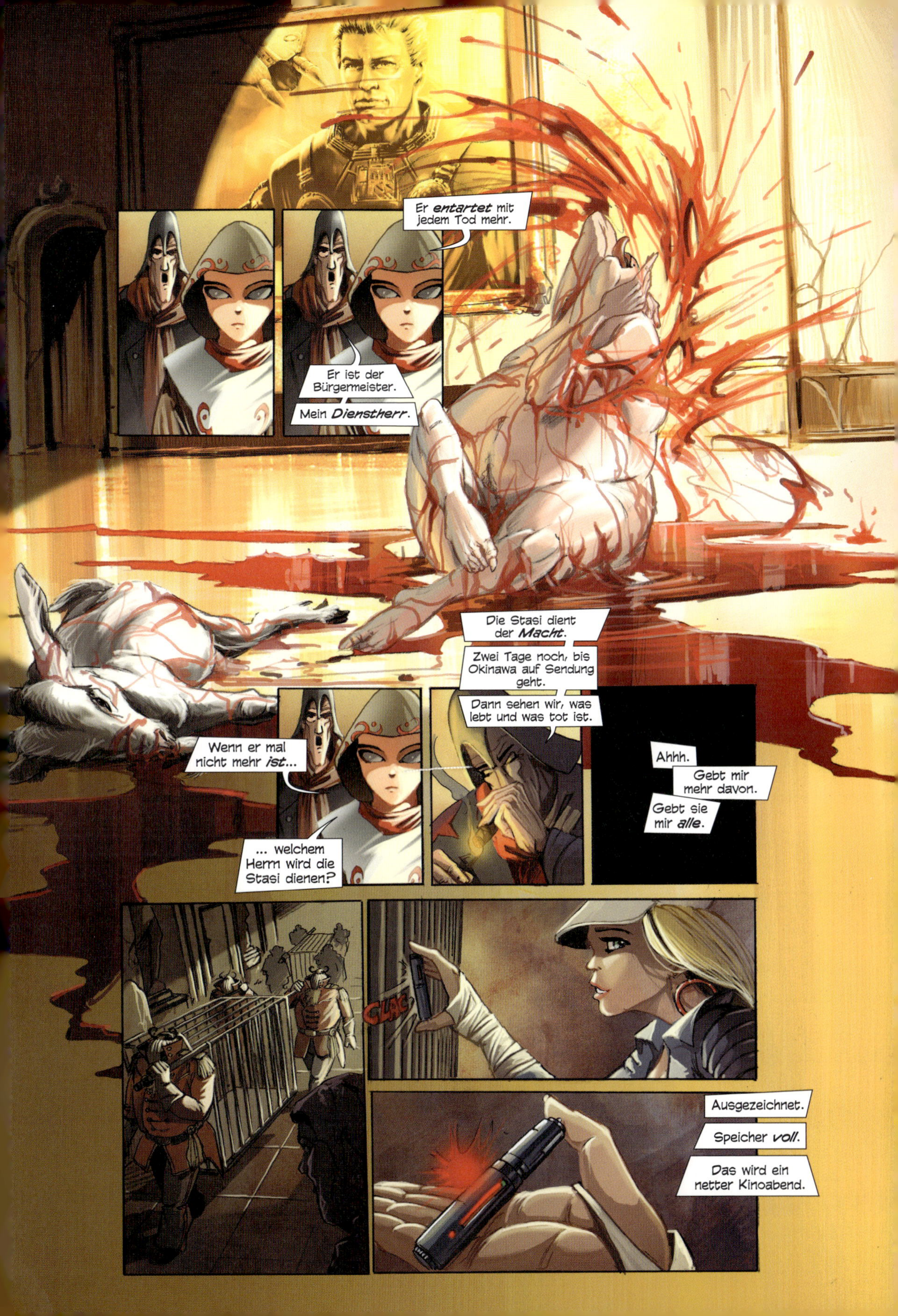
Er *entartet* mit jedem Tod mehr.
Er ist der Bürgermeister.
Mein *Dienstherr*.
Die Stasi dient der *Macht*.
Zwei Tage noch, bis Okinawa auf Sendung geht.
Dann sehen wir, was lebt und was tot ist.
Wenn er mal nicht mehr *ist*...
... welchem Herrn wird die Stasi dienen?
Ahhh.
Gebt mir mehr davon.
Gebt sie mir *alle*.
CLAC
Ausgezeichnet.
Speicher *voll*.
Das wird ein netter Kinoabend.

star KINO
BERLIN 1945-49
ALEX
Sta
IMAX
Scillas Kontaktadresse.
O Mann.
Was'n Scheiß.
... eroberte die Rote Armee Anfang Mai 1945 Berlin. Ein Rotarmist hisst auf dem zerstörten Reichstagsgebäude die sowjetische...
Blabla.
Ich brech gleich in die Hose.
Zieh dir mal die Bräute rein.
Alle fette Ärsche.

Du hast lange gebraucht.
Tja...
Um ehrlich zu sein...
Ich und meine Kumpels, wir sind schlecht bei Kasse.
Ich hab mir gedacht, wir stellen unser Teamwork auf eine solide Finanzbasis.
Dann bring ich den Job zu Ende.
Was nennst du „solide"?
Eine Viertelmillion. Galaktische Währung, nicht eure Ostmark.
Freundschaftspreis.
Versteht sich.
Vergiss es.
Zu teuer.
Ich hatte Auslagen!
Der Mago-Sensor...
... und Antimagischen Staub.
Sauteuer, das Zeug.

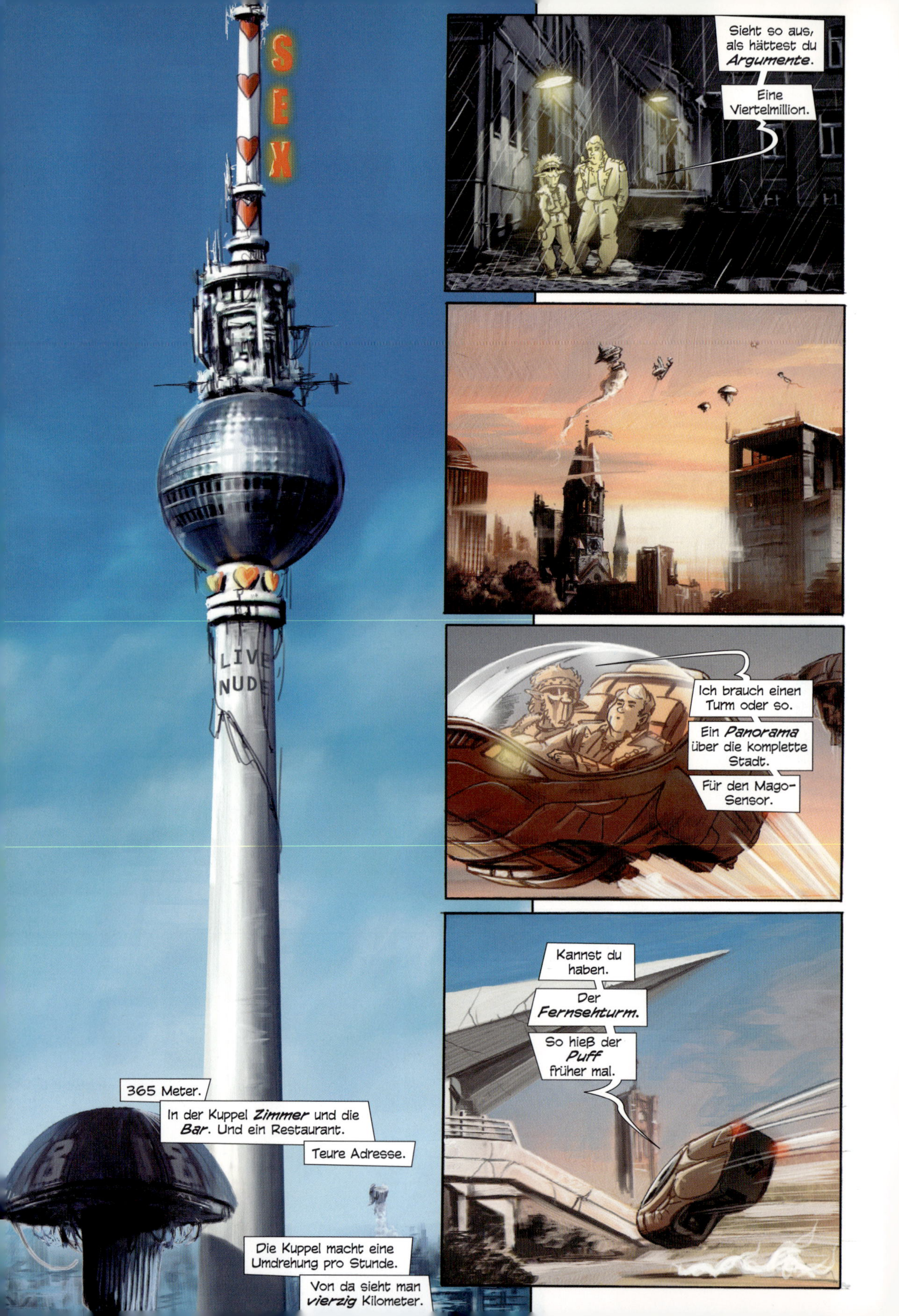
SEX
LIVE
NUDE
365 Meter.
In der Kuppel Zimmer und die Bar. Und ein Restaurant.
Teure Adresse.
Die Kuppel macht eine Umdrehung pro Stunde.
Von da sieht man vierzig Kilometer.
Sieht so aus, als hättest du Argumente.
Eine Viertelmillion.
Ich brauch einen Turm oder so.
Ein Panorama über die komplette Stadt.
Für den Mago-Sensor.
Kannst du haben.
Der Fernsehturm.
So hieß der Puff früher mal.

Puff?
So was wie mein Spezialgebiet.
Da oben drin?
Das nenne ich mal...
... beste Lage!
Komm.
Ein bisschen helfen musst du schon!
Ich will da nicht rein!
Bist du verrückt?
Ich bin *homo*!
Schwerelos.
Sag bloß, du hast das nicht gewusst!
So was nennt man *Antigravitation*!

Ich glaub...
... ich muss...
... *kotzen.*
Ich sage doch schwerelos.
Warst du noch nie im *Weltraum?*
SCIRP
Wir sind zu zweit.
Ein Erwachsener und ein Kind.
Okay.
Das mit dem Kind kostet natürlich extra.
Zwei Zimmer nebeneinander. Mit Blick nach draußen.
Gut.
Wenn du dabei rausgucken willst...
Bitte.
Cool.
Wenn ich wieder Kohle hab...
... komm ich mal auf Urlaub her!

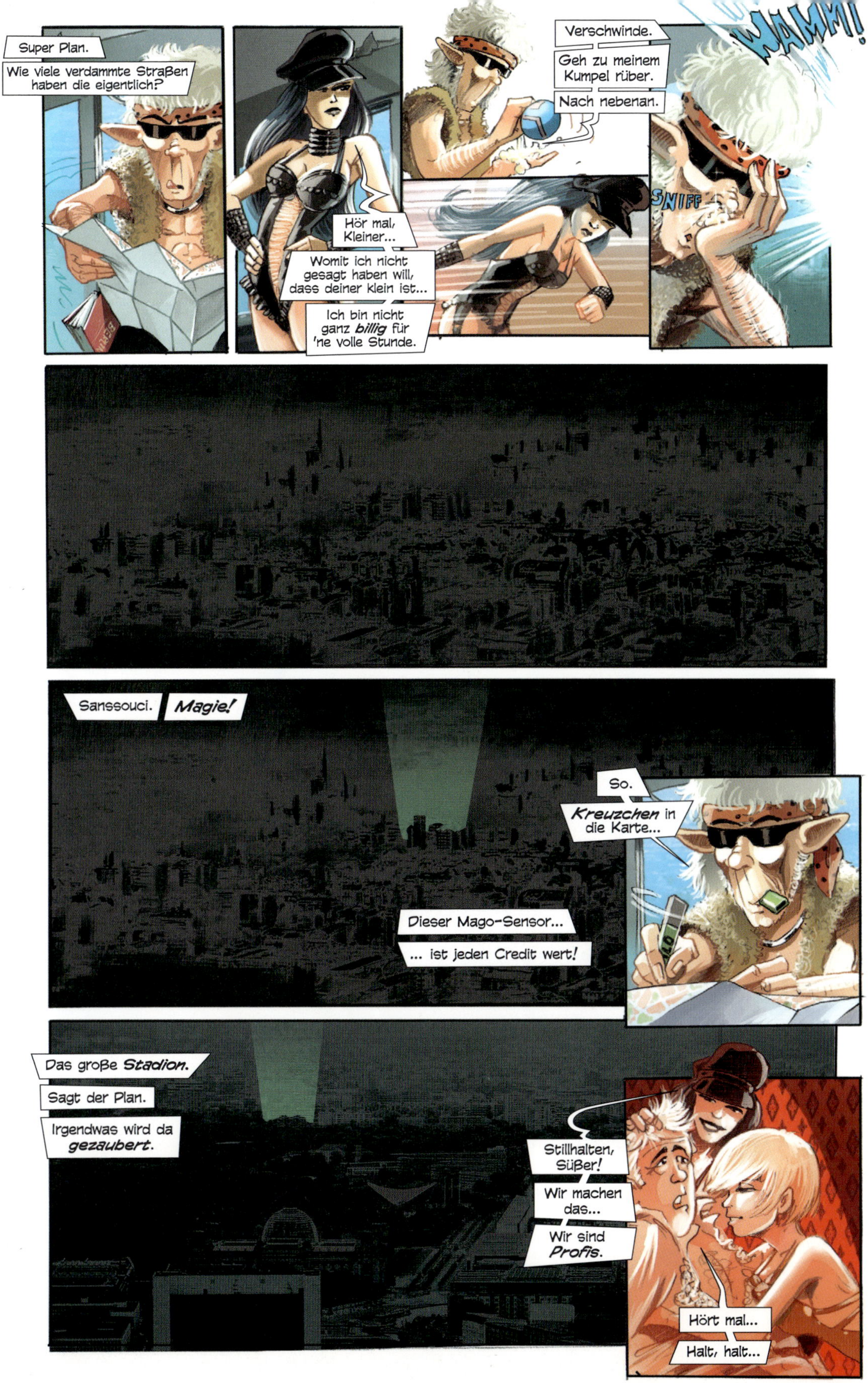
Super Plan.
Wie viele verdammte Straßen haben die eigentlich?
Hör mal, Kleiner...
Womit ich nicht gesagt haben will, dass deiner klein ist...
Ich bin nicht ganz *billig* für 'ne volle Stunde.
Verschwinde.
Geh zu meinem Kumpel rüber.
Nach nebenan.
WAMM!
SNIFF
Sanssouci.
Magie!
So.
Kreuzchen in die Karte...
Dieser Mago-Sensor...
... ist jeden Credit wert!
Das große *Stadion*.
Sagt der Plan.
Irgendwas wird da *gezaubert*.
Stillhalten, Süßer!
Wir machen das...
Wir sind *Profis*.
Hört mal...
Halt, halt...

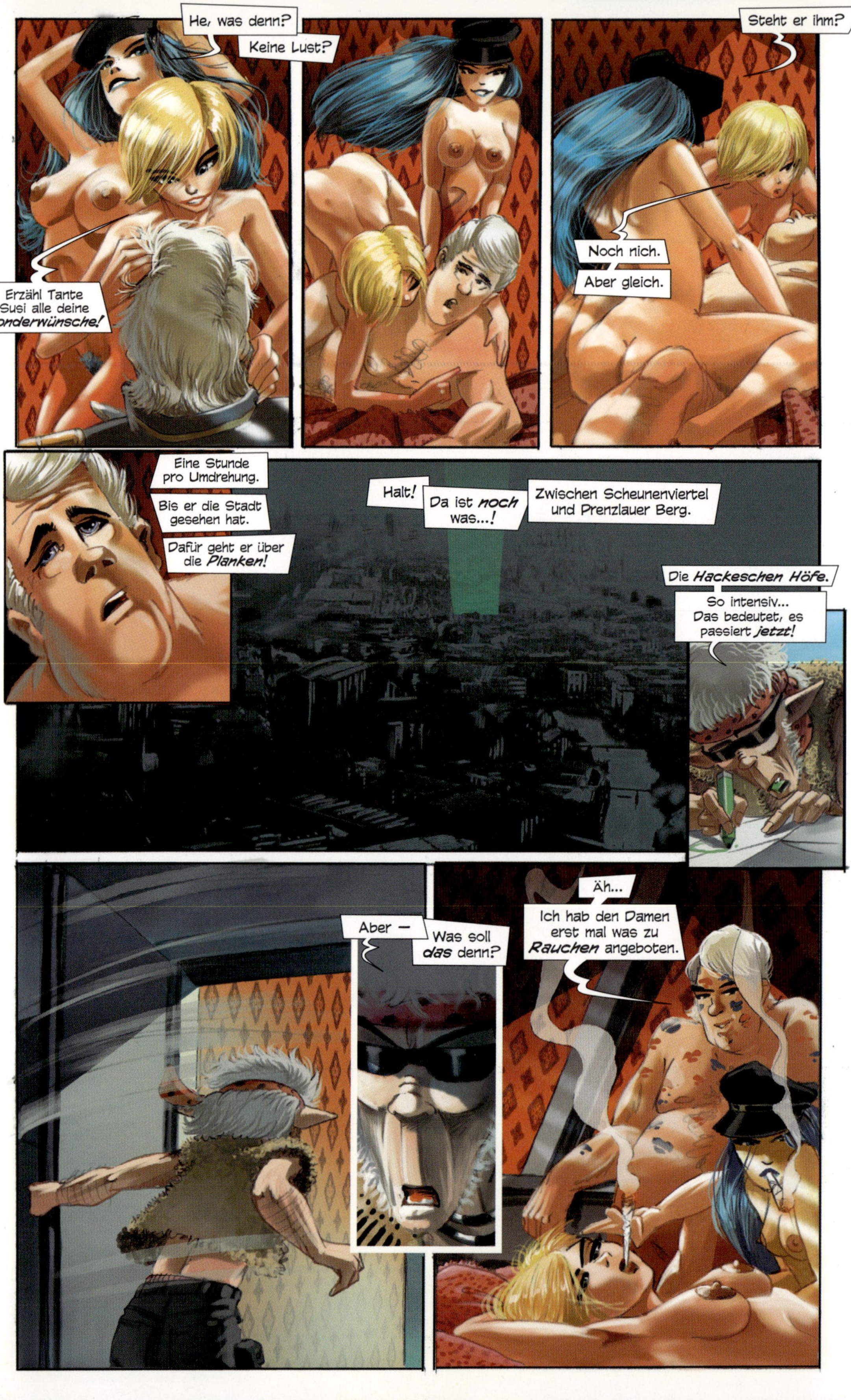
He, was denn?
Keine Lust?
Erzähl Tante Susi alle deine *Sonderwünsche!*
Steht er ihm?
Noch nich.
Aber gleich.
Eine Stunde pro Umdrehung.
Bis er die Stadt gesehen hat.
Dafür geht er über die *Planken!*
Halt!
Da ist *noch* was...!
Zwischen Scheunenviertel und Prenzlauer Berg.
Die *Hackeschen Höfe.*
So intensiv... Das bedeutet, es passiert *jetzt!*
Aber —
Was soll *das* denn?
Äh...
Ich hab den Damen erst mal was zu *Rauchen* angeboten.

Wolle Rose kaufe?
Strauß für hundert Ostmark!
Wonach suchst du eigentlich?
Nach *irgendwas*...
Das war unser Mann.
Der ***Magier***.
Da haben wir's...
Boah, stinken die...
Was immer hier passiert ist.
Das sind keine normalen Leichen.
Wir verziehen uns besser.
Bevor noch jemand glaubt, ***wir*** waren das.
Wieso richtet er Leute so zu?
Weiß ich nicht. Nächste Frage.
Welche Richtung?
Geradeaus, bis du meinen Finger im Enddarm spürst.
Willst du 'ne Viertelmillion oder einen Faustschlag?

Mal im Ernst, nach Sanssouci?
Nur dran vorbei. Dann weiter zum *Stadion*.
Wieso ist es so *hoch*?
Und die ganzen *Ballons*...?
Siehst du gleich...
Nach dem Gewinn der ***27. Deutschen Meisterschaft*** eines Fußball-Clubs namens ***Hertha BSC***...
... wurde das alte Olympia-Stadion abgerissen.
Stattdessen hat man dies hier gebaut. Die ***Kanzler-Arena***.
Die Hertha stieg dann ab.
Investoren haben die Kanzler-Arena aufgekauft.
Und schwerelos in die *Luft* gehängt.
Investoren?
Genau weiß das keiner.
Sie bringen eigenes *Geld* mit. Dann darfst du in Berlin alles.

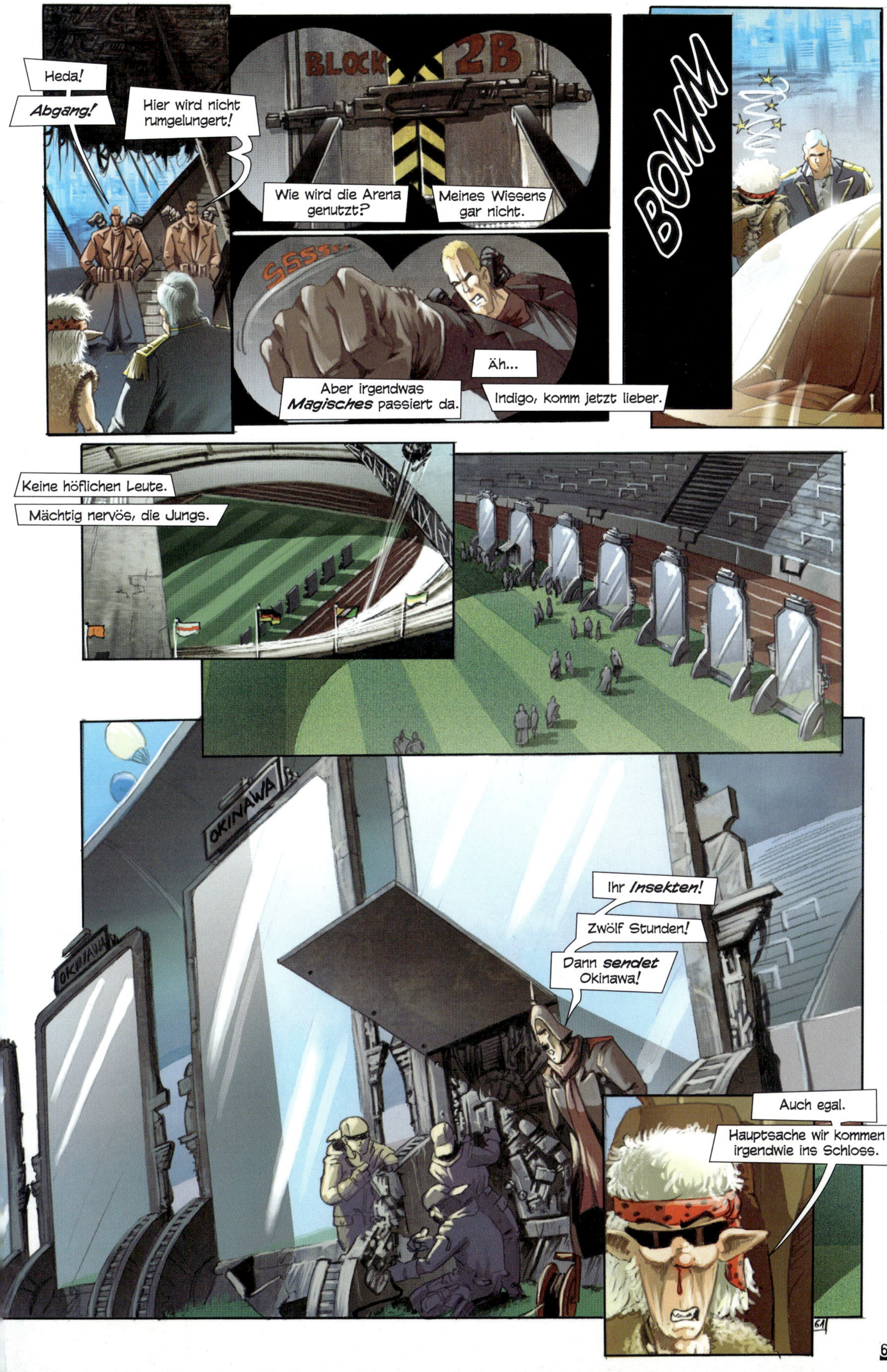

Heda!
Abgang!
Hier wird nicht rumgelungert!
BLOCK 2B
Wie wird die Arena genutzt?
Meines Wissens gar nicht.
SSSss..
Aber irgendwas Magisches passiert da.
Äh...
Indigo, komm jetzt lieber.
BOMM
Keine höflichen Leute.
Mächtig nervös, die Jungs.
OKINAWA
OKINAWA
Ihr Insekten!
Zwölf Stunden!
Dann sendet Okinawa!
Auch egal.
Hauptsache wir kommen irgendwie ins Schloss.

Wo ist eigentlich Ratte?
Auf *Urlaub*.
Ausgerechnet jetzt.
Wir haben einen Haufen Fotos.
Die örtlichkeiten sind zum größten Teil bekannt. Der Lageplan von Sanssouci sowieso.
Außerdem liegt uns ein höchst aufschlussreicher Film vor, der...
... die sexuellen Vorlieben des Bürgermeisters höchst eindrucksvoll vorführt.
Die seltsamsten Fotos sind aber diese.
Der Magier! Sie ist das!
Sicher?
Ein Kind?
Von wegen Kind.
Magier sind oft Gestaltwandler. Die sehen aus, wie sie lustig sind.

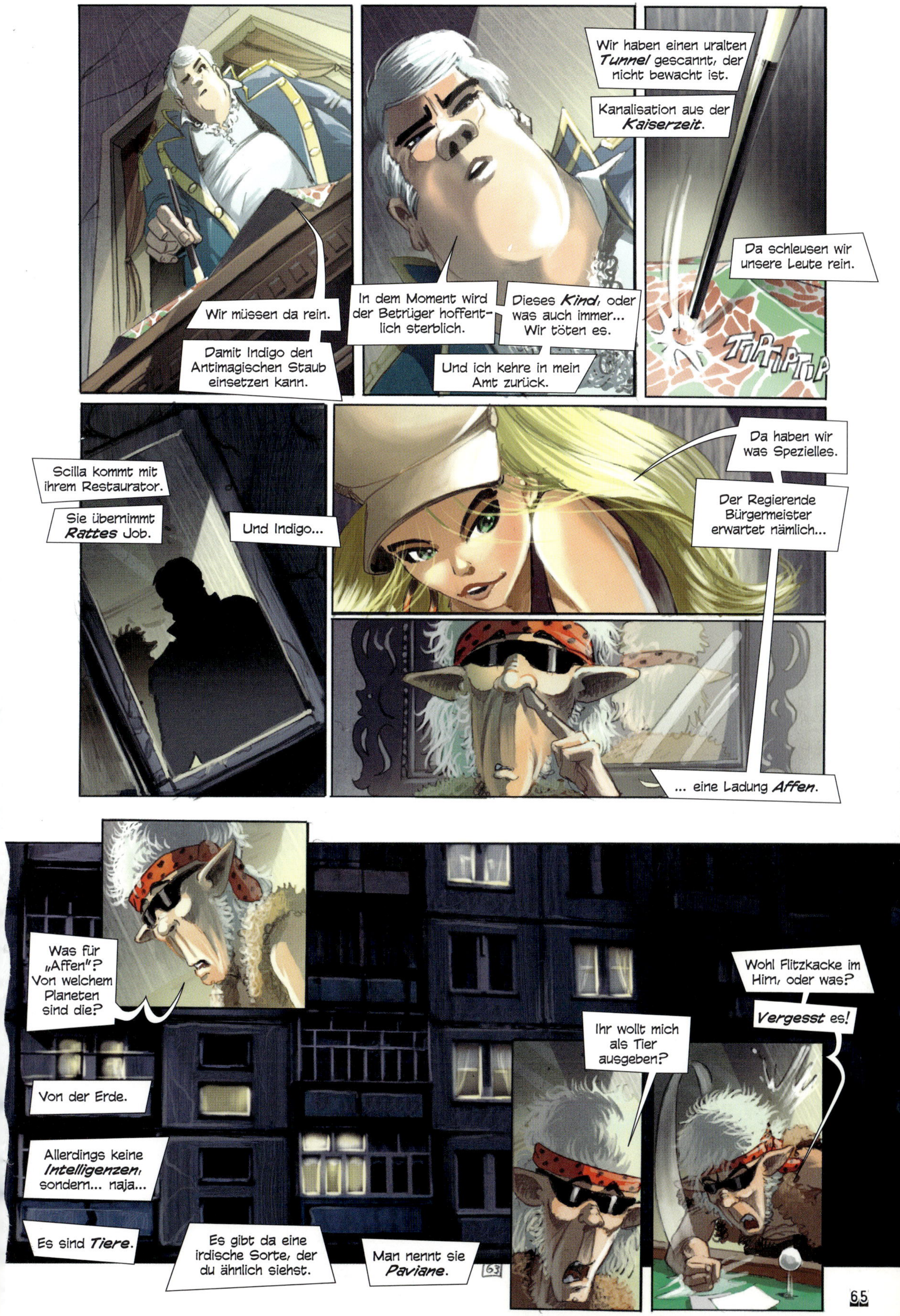

Wir müssen da rein.
Damit Indigo den Antimagischen Staub einsetzen kann.
In dem Moment wird der Betrüger hoffentlich sterblich.
Dieses *Kind*, oder was auch immer... Wir töten es.
Und ich kehre in mein Amt zurück.
Wir haben einen uralten *Tunnel* gescannt, der nicht bewacht ist.
Kanalisation aus der *Kaiserzeit*.
Da schleusen wir unsere Leute rein.
TIPTIPTIP
Scilla kommt mit ihrem Restaurator.
Sie übernimmt *Rattes* Job.
Und Indigo...
Da haben wir was Spezielles.
Der Regierende Bürgermeister erwartet nämlich...
... eine Ladung *Affen*.
Was für „Affen"? Von welchem Planeten sind die?
Von der Erde.
Allerdings keine *Intelligenzen*, sondern... naja...
Es sind *Tiere*.
Es gibt da eine irdische Sorte, der du ähnlich siehst.
Man nennt sie *Paviane*.
Ihr wollt mich als Tier ausgeben?
Wohl Flitzkacke im Hirn, oder was?
Vergesst es!

Mir ist sehr, sehr kalt.
Wir schaffen es rechtzeitig.
Okinawa wird senden. Die Empfänger sind bereit!
OKINAWA
Herr!
Wir empfangen ein *Signal!*
Okinawa!
Okinawa ruft!

OKINAWA
Die erste Schlacht-Girosse.
Fabelhaft.
Ich sehe ein Meer aus Blut und Tränen.

OKINAWA
Mago-Schützen.
Das ist Sterben und Macht.
Das ist Heimat.
Eindrucksvoll. Eure Truppen werden diese Stadt einnehmen...
... und dann die Welt.
Herrin!
General Kothmox meldet sich zum Dienst!
Diese Welt ist für uns fremd.
Wir benötigen Zeit bis morgen, zum Mittag.
Um die Mago-Schwadron an Schwerkraft und Atmosphäre anzupassen.
Es ist gut, General.
Wir kehren für die Nacht ins Schloss zurück.
Und warten.
66

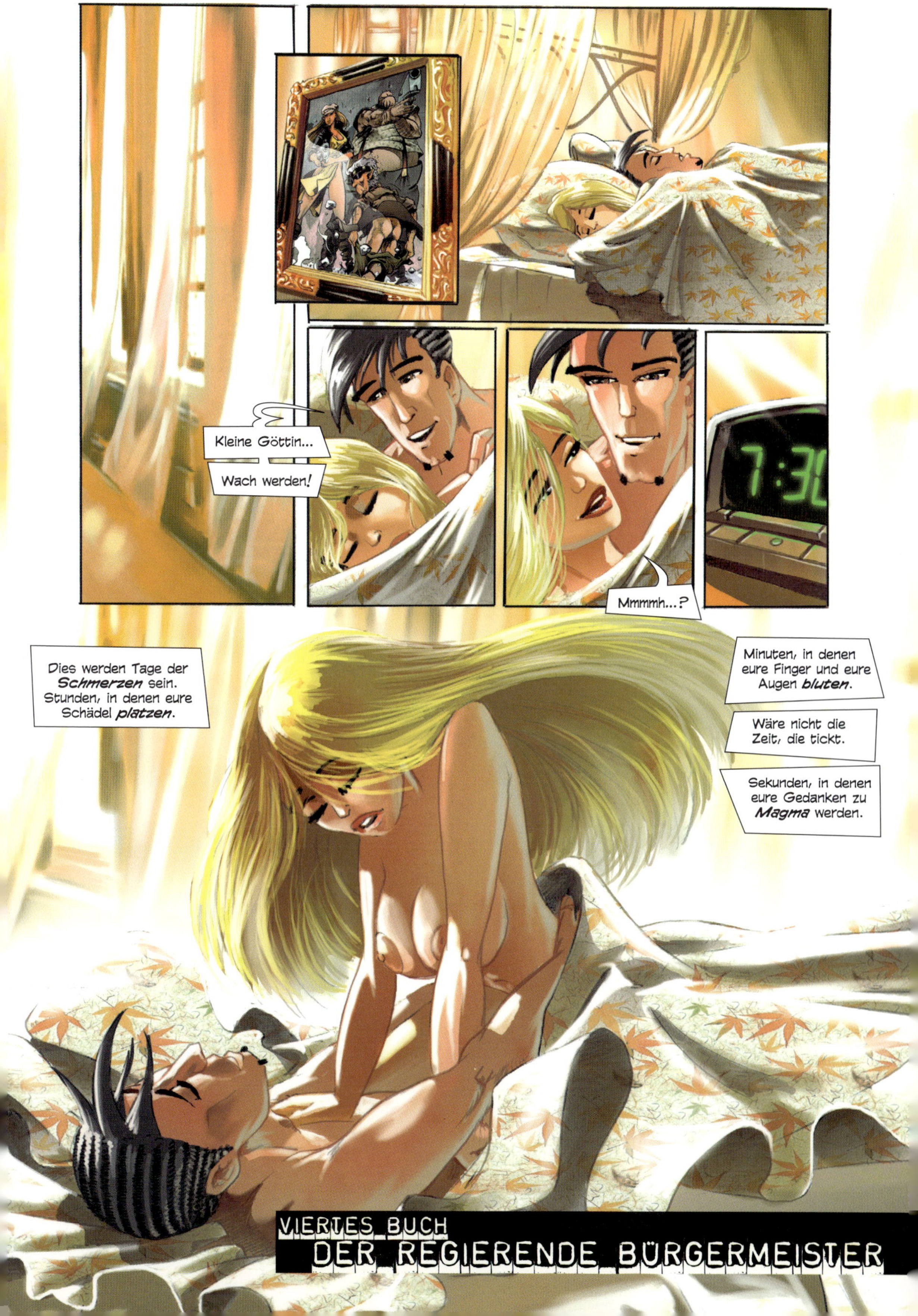
Kleine Göttin...
Wach werden!
Mmmmh...?
Dies werden Tage der *Schmerzen* sein. Stunden, in denen eure Schädel *platzen*.
Minuten, in denen eure Finger und eure Augen *bluten*.
Wäre nicht die Zeit, die tickt.
Sekunden, in denen eure Gedanken zu *Magma* werden.
VIERTES BUCH
DER REGIERENDE BÜRGERMEISTER

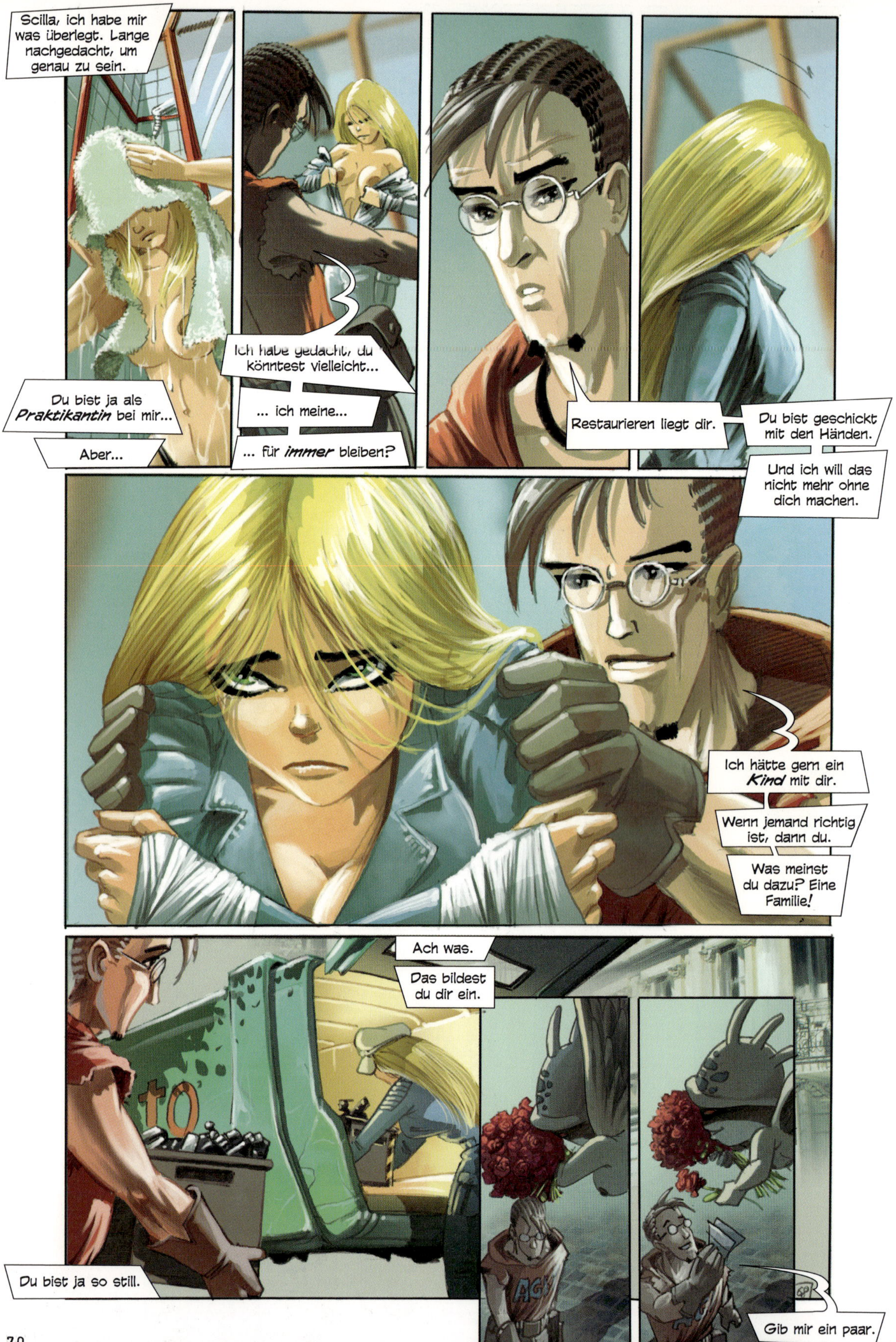
Scilla, ich habe mir was überlegt. Lange nachgedacht, um genau zu sein.
Ich habe gedacht, du könntest vielleicht...
... ich meine...
... für *immer* bleiben?
Du bist ja als *Praktikantin* bei mir...
Aber...
Restaurieren liegt dir.
Du bist geschickt mit den Händen.
Und ich will das nicht mehr ohne dich machen.
Ich hätte gern ein *Kind* mit dir.
Wenn jemand richtig ist, dann du.
Was meinst du dazu? Eine Familie!
Ach was.
Das bildest du dir ein.
Du bist ja so still.
Gib mir ein paar.

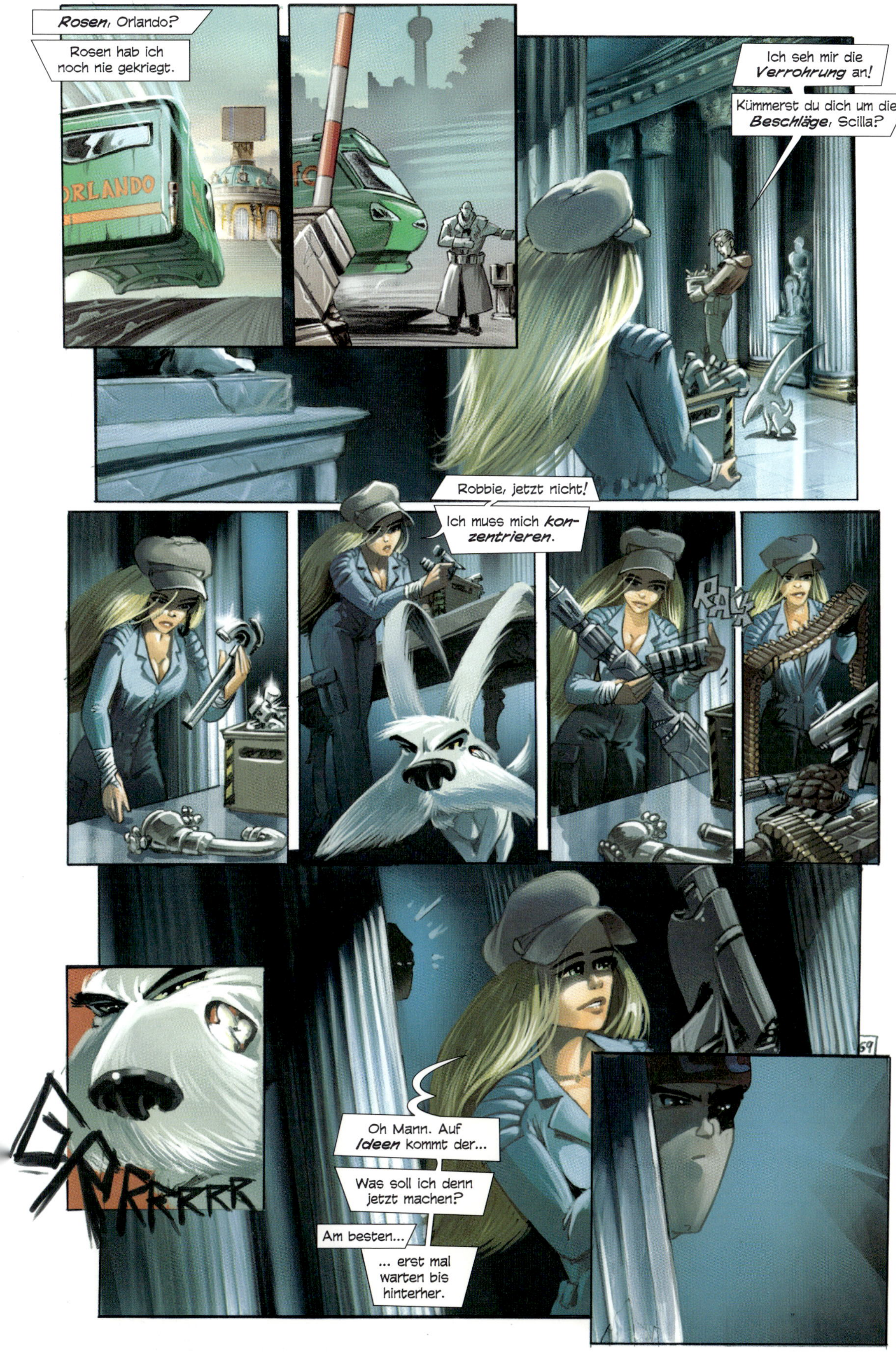
Rosen, Orlando?
Rosen hab ich noch nie gekriegt.
ORLANDO
Ich seh mir die Verrohrung an!
Kümmerst du dich um die Beschläge, Scilla?
Robbie, jetzt nicht!
Ich muss mich konzentrieren.
RACK
GRRRRRRR
Oh Mann. Auf Ideen kommt der...
Was soll ich denn jetzt machen?
Am besten...
... erst mal warten bis hinterher.

Komplett!
Abmarsch!
Gleich kotz ich.
Die Schande.
Das büßen die mir!
IIEEEKK EEEK
Der Bürgermeister ist beschäftigt.
Gegen Mittag vielleicht.
Gebt den Kreaturen Wasser.
Was hat er denn?
Vielleicht dringende Geschäfte.
Sollen wir die ganze Zeit hier warten?
Wieso trägt der Pavian eigentlich 'ne Brille?
Kommt aus einem Zirkus oder so.
Und die Kleidung?
Irgendeine besondere Dressur.
Haha. Der Herr wird das lieben.
Oh Mann! Das Vieh hat ja Plomben im Maul!
Nicht drüber nachdenken.
Lass ihn.
Wir dürfen ihn nicht kaputtmachen, bevor der Herr ihn kriegt.

Durch das Portal.
Rein zu ihm und...
... aus die Maus.
Anfängerkram.
Herrin!
Es ist General Kothmox.
Die Mago-Schwadron meldet sich marschbereit.
Ich krieg das alles mit!
Was habt ihr zu tuscheln?
Nichts, Quentin.
Lasst das!
Ich werde geil!
Sie sollen sich über die Stadt verteilen.
Aber erst feuern, wenn die Kreuzungen besetzt sind.
Bewaffnet euch!
Prüft eure Magazine.
Präpariert eure Nekro-Zauber!

Berlin ist Okinawa.
Die Welt ist Okinawa.
Eure Fabriken und Laboratorien.
Mama!
Will streicheln!
Eure *Raumschiffe* und eure *Quantenphysik*.
Euer lächerlicher, dümmlicher *Karneval*.
Eure DJs und die Kotze, die ihr am Wegesrand trocknen lasst.
Bereit machen...
Funkkanäle offen...
FEUER FREI!
FEUER!
SCHIESST!

Beugt in Demut eure Häupter...
WEEOOOOEEOO
BOUMM
WUMM
... oder meine Diener spalten sie euch entzwei.
Senkt in Kummer eure Blicke...
... oder meine Diener brechen sie euch.
WUMM
Schöpft aus Rauch den letzten, bitteren Atemzug.
Und dann...

CLONG
Beeilung!
Sieht aus, als wären wir schon zu spät!
Scilla, Indigo...
Es geht los!
Wir stürmen.
Roger!
Ende und aus!
RATATATAT
Durch das Portal.
Rein zu ihm und...
... kurzen Prozess!
WEOOOO..WEOO
He da!
Stehen bleiben!
Scheiße!
War wohl einen Tick zu laut.

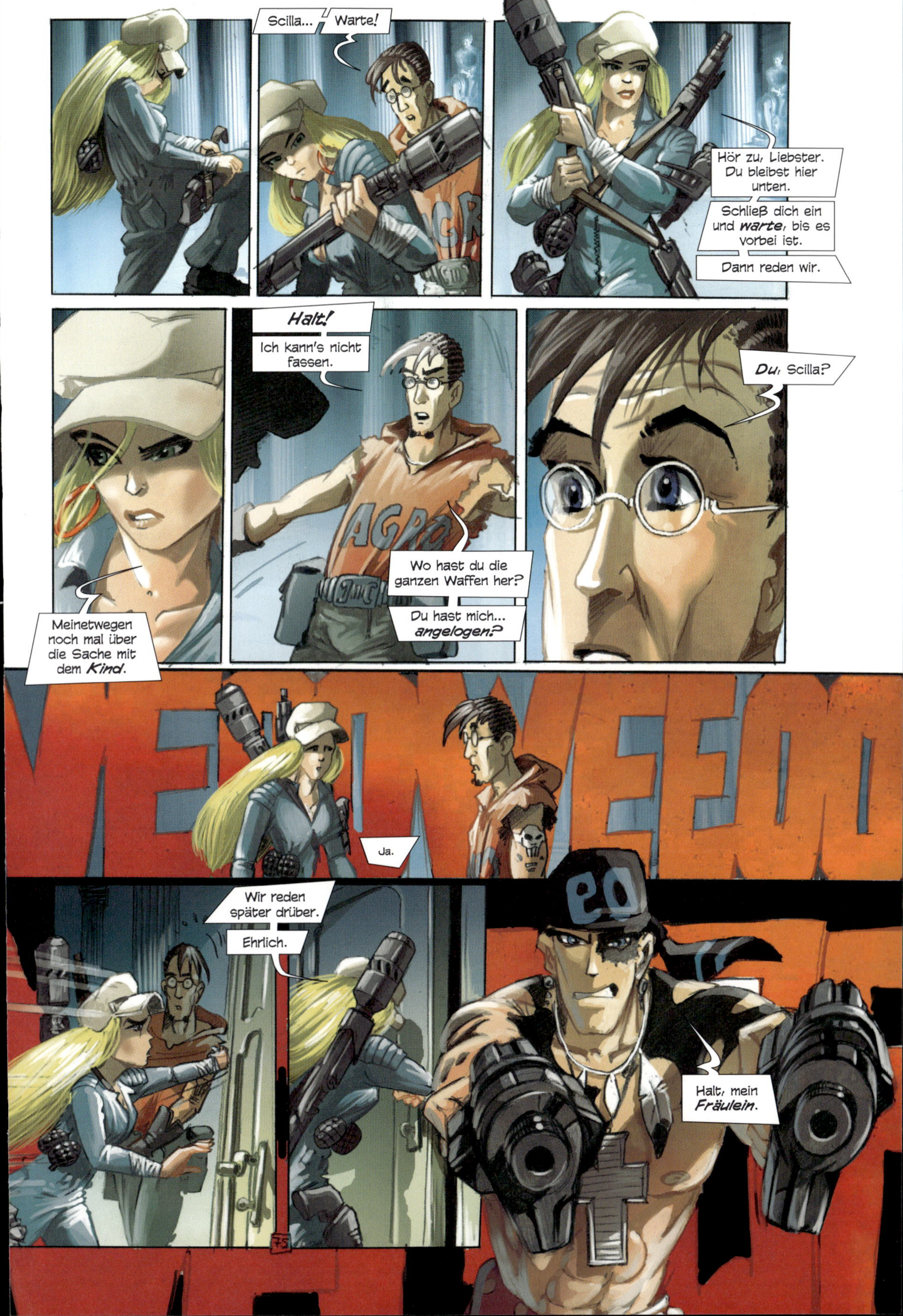
Scilla...
Warte!
Hör zu, Liebster. Du bleibst hier unten.
Schließ dich ein und *warte*, bis es vorbei ist.
Dann reden wir.
Meinetwegen noch mal über die Sache mit dem *Kind*.
Halt!
Ich kann's nicht fassen.
Wo hast du die ganzen Waffen her?
Du hast mich... *angelogen?*
Du, Scilla?
Ja.
Wir reden später drüber.
Ehrlich.
Halt, mein *Fräulein*.

Ach, Perle...
Du und ich, das hätte so groß sein können...
Alles, weil du mich belogen hast, Scilla!
Du solltest im Moment froh sein, wenn wir am Leben sind.
Mir ist aber das andere wichtiger!
Aber Orlando.
Ich liebe dich doch auch.
Ach ja?
Ja.
Ihr zwei Turteltäubchen haltet jetzt beide die Fresse.
Kapiert?
WEEOOOWEEOO
BANG
BANG
BANG
Daneben, Jungs!
Wie ich schon sagte.
Die schießen ganz, ganz lausig.

Hee!
WAFF!
BANG
Scheiße. Weg.
Ich kenn das Vieh.
Der ist gerissen.
DRR
Ratte hier.
Ja, klar.
Ich schick alles, was ich hab.
Beeilung!
Macht die Knarren scharf!
Endlich allein.
Romantik.
Meine Scilla. Ich. Und der *Klempner*.
Eigentlich wollte ich später mit dir abrechnen, Perle.
Jammerschade. Was für eine Kanone im Bett.
Aber ich fürchte, die Sache kann nicht länger...
Wenn du zehn Prozent *Mumm* hast...
... lässt du zumindest Orlando laufen.
Gute Reise, Süße.

RATTATTATATTRATATATTATRATA
Verteilt euch!
Alles sichern!
BANG BANG
BLAM BLAM
Macht sie weg!
Macht sie weg!
RATTATATRATTA
BUDDA BUDDA
BLAM
BLAM
BLAM
Narren.
Ihr wisst nicht.
BLAM
BLAM
BLAM
Ihr fühlt nicht.
Ihr seht nicht.
Hmm...
Bleib so stehen.
BLAM

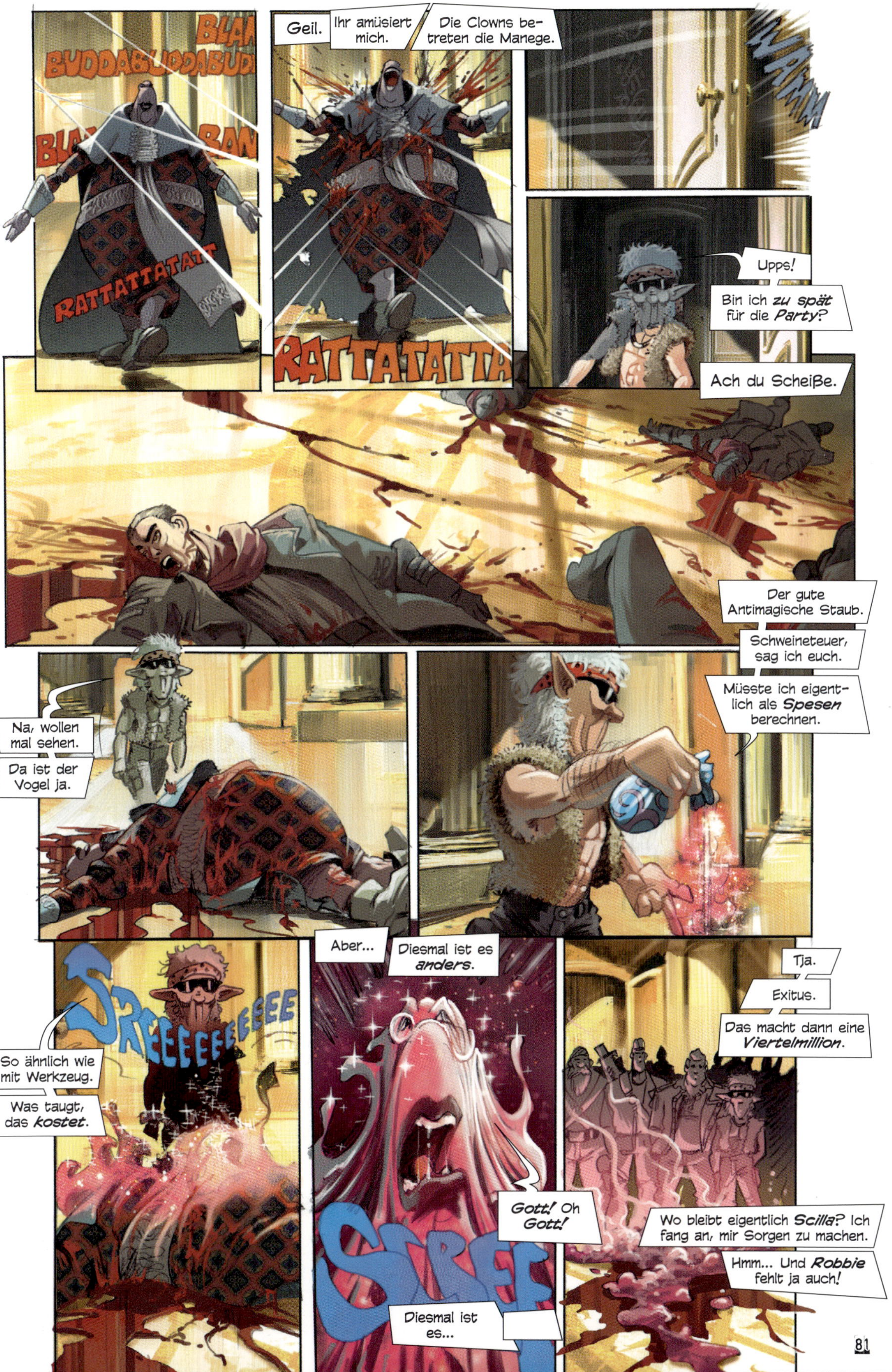
BLAM
BUDDABUDDABUDD
BLAM
BAM
RATTATTATATT
Geil.
Ihr amüsiert mich.
Die Clowns betreten die Manege.
RATTATATTA
WAMM
Upps!
Bin ich *zu spät* für die *Party*?
Ach du Scheiße.
Der gute Antimagische Staub.
Schweineteuer, sag ich euch.
Müsste ich eigentlich als *Spesen* berechnen.
Na, wollen mal sehen.
Da ist der Vogel ja.
SREEEEEEEEEE
So ähnlich wie mit Werkzeug.
Was taugt, das *kostet*.
Aber...
Diesmal ist es *anders*.
Gott! Oh *Gott!*
SREE
Diesmal ist es...
Tja.
Exitus.
Das macht dann eine *Viertelmillion*.
Wo bleibt eigentlich *Scilla*? Ich fang an, mir Sorgen zu machen.
Hmm... Und *Robbie* fehlt ja auch!

GROARR
OUUUU
KAI
Verfluchte Töle!
Wo kommst du denn her?
Scilla!
Flieh!
BANG!!
Orlando!
Orlando!
BANG
Wäre nicht die Zeit, die tickt.
Kleine Göttin...
Wach werden!
Ich habe gedacht, du könntest vielleicht...
... ich meine...
... für *immer* bleiben?
80

Was sollen wir mit ihr machen, EINS?
Was wohl?!?
Halt!
Nicht so *hastig!*
Wir töten sie noch nicht!
Sie ist eine *Nekromantikerin.*
Sie muss erst Orlando wieder *lebendig* machen.
Und wenn sie das getan hat, werden wir sie vielleicht... *vielleicht*...
BANG
Gar nichts wird sie.
Der Spuk hat hier und jetzt ein Ende!

Hurra!
Hurra!
Hurra!
Stehen bleiben, ihr zwei.
Was ich mit euch mache, hab ich noch nicht entschieden.
Aber...
Was soll das denn wieder?
Gib mir meine Kohle und ich bin weg!
Diese Kämpfer hier sind mir ergeben.
Aber ihr?
Kann ich euch *trauen*?
Ich selbst habe natürlich die Priesterin von Okinawa nach Berlin geholt.
Um die *Weltherrschaft* zu erlangen. Mit ihrer Hilfe.
Ein sauberer Deal.
Die Nekromantikerin aber schuf ein Abbild meiner selbst.
Quentin, den *Magischen Klon*.
Und mir selbst blieb nur die Flucht.
WAFF!

Man hat mich betrogen.
Um die Herrschaft gebracht.
Die Erde hätte **mein** sein sollen.
Und heute...?
Die **Magischen Tore** sind offen.
Die Kraft der Magie und das Gewicht der Technik. Vereint in einer Hand.
Berlin wird ein **Reich** beherrschen, so groß, wie es niemals vorher eines gegeben hat.
Nun zu euch.
Wie kann ich sicher sein, **wirklich sicher**, dass nicht ein einziges Wort davon...
... zur Union der Techniker dringt?
Das versteht ihr doch.
Sicherheit ist wichtig.
Wenn man eben erst **enttäuscht** wurde.
Ausge-trickst ...?
Das lass ich doch nicht auf mir sitzen...
BANG
Aber...
Leute, macht keinen Scheiß...!

GROOOOOOAAARRR
Ach du Scheiße.
Sag mir, dass ich träume, Scilla.
Hat irgendjemand...
... kurzfristig 'ne Idee auf Lager?
BLAM
Feuer!
Putzt ihn weg!
SPLOK
Mago-Sensor.
Wieso nicht?
Alles, was noch da ist.
Scheiß drauf, was es kostet!
Ausnahmsweise.
Raus hier!
Er ist zu groß für die Türen!

BLOACH
Jetzt mal Pronto!
Bevor er anfängt sich zu ärgern...!
Kuckuck!
Der Onkel hat hier feinen...
... Antimagischen Staub!
Hasta la vista.
Baby.
Weg da, Indigo!
Weg!
WOM
WOM
Wirkt?
Wirkt.
GAOO
Sag ich ja.
Hasta la vista.
So teuer, wie das Zeug gewesen ist.

IMA
Die Leute von Berlin sind zäh.
Die machen morgen wieder Karneval.
Ohne dich wär das alles jetzt Okinawa.
Und was ist mit *mir?*
Meine Viertelmillion.
Heilige *Scheiße.*
Geld haben wir leider keins mehr.
Aber wir haben uns was überlegt. Sozusagen als Ausgleich.
Bevor du wieder *abreist.*
Hmm...
Abgefahren...!

Aber unter einer Bedingung, alter Freund.
Du lässt mir...
... **Robbie** da!
Ich meine ganz und für immer.
WAFF!
Gebongt!
CLAP

Berlin!
Anno 2323.
Gib dir die Ewige Stadt, gib dir den Geruch der Mülltonnen und der Hinterhöfe.
Und wenn du mal in der City bist...
... verpass bloß nicht den Karneval!
WOMM
Heute an den Turntables...
... unser außerirdischer Special Guest mit dem heißen Scheiß...
... Emmmm Sssiiiiiiii INDIGO!
Ciao, kleiner Kacker!
Bis die Tage mal!

Yellowsam & die Rosenengel

Um die erste Frage gleich zu Beginn vom Tisch zu holen: Nein, wir sind keine Berliner. Wir haben die Stadt oft besucht, zuletzt auf Fotosafari; wir sind 89/90 zu Silvester über die Mauer gekraxelt; wir haben Reiseführer studiert, geschäftlich und privat die Stadt erkundet, uns durch Bildbände gekämpft und die Stadtmagazine inhaliert.
Also warum machen zwei Nicht-Berliner einen Berlin-Band? Der auch noch in der Zukunft spielt und als Helden einen Außerirdischen präsentiert, der aussieht (und vermutlich riecht) wie ein Pavian? – Eben deshalb, weil wir keine Berliner sind. Berlin ist für uns kein Stadtplan und nicht der Kiez, in dem wir wohnen. Wir haben der Fülle der Stadt nicht zwanghaft gerecht zu werden, wir betreiben keine seriöse Futurologie. Sollten wir uns Feinde machen, kein Problem, wir wohnen sowieso woanders.

Berlin ist in der Tat mehr als ein Stadtplan. Berlin ist für die Republik ein Ausrufezeichen. Berlin steht mehr als jede andere deutsche Stadt im Ausland für Politik und Geschichte. Die kulturellen, politischen und historischen Symbole sind es also, die BERLIN 2323 ihr Gerüst geben. Selbstverständlich steht der Karneval für eine ewig fortdauernde Loveparade, auch in der Zukunft ist die Stadt klamm, und der Regierende Bürgermeister ist selbstverständlich in der Zukunft (wieder) schwul.

Schloss Sanssouci: Fotovorlage (unten) und Comic-Umsetzung

Foto: Peter Eickmeyer

Schade: Erster Cover-Entwurf für den ad acta gelegten Terra-Zyklus. Aber wer weiß: Vielleicht gibt es ja irgendwann ein Cross-Over mit INDIGO und CHIQ & CHLOE …

23

Der Plenarsaal des Bundestags ist ein Pornokino, Schloss Sanssouci wurde in die Luft gesprengt (und wieder aufgebaut), das Holocaust-Mahnmal mahnt auch im Jahr 2323 noch. Logisch, dass auch die Architektur Berlins eine wichtige Rolle spielt: Wir sehen deutsches Rokoko, zeitgenössische Großstadt-Architektur vom Potsdamer Platz, ostdeutsche Plattenbau-Ästhetik. Alles nebeneinander, wie es wirklich ist, und alles angereichert mit einer kräftig ironisierenden Prise Science-Fiction.

Fotos von Gebäuden werden als Architektur-Versatzstücke in die Panel integriert und digital übermalt.

Foto: Peter Eickmeyer

Fotos: Peter Eickmeyer

Schlechte Nachrichten gibt's für die Fußballfans: Die Hertha gewinnt zwar 27 Mal die Meisterschaft, steigt dann aber ab. Investoren kaufen das Olympiastadion, benennen es in Kanzler-Arena um – und von dort geht in BERLIN 2323 das Unheil aus. Wie im richtigen Leben.

Dabei hat BERLIN 2323 seine Wurzeln in der Comicserie INDIGO, die inzwischen acht Bände umfasst und in der Indigo seine Abenteuer auf fernen Planeten (mehr oder weniger) besteht. Autoren und Verlag beschließen, INDIGO aus dem Albenformat zu lösen und einen richtig dicken Einzelband zu gestalten, der nicht in fernen Welten, sondern in der Zukunft spielt und der nicht die Vorkenntnis der Serie INDIGO voraussetzt. Dem Neuanfang in Berlin fällt auch der ursprünglich geplante Auftritt von CHLOE, einer Hauptperson aus unserer Serie CHIQ & CHLOE, zum Opfer.

Und weil die Geschichte einen ganz neuen Ansatz wählt, beschließt Dirk, ihr ein neues Artwork zu geben. INDIGO ist mit Bleistift vorgezeichnet, die Outlines sind getuscht und werden digital koloriert. In BERLIN 2323 gibt es fast keine Outlines mehr, von Hand entstehen nur noch die Bleistiftzeichnungen, der Rest wird am Computer „gemalt". Eigentlich ist dies eine Technik, die Dirk für Coverillustrationen (z. B. für PERRY RHODAN) verwendet. Bei BERLIN 2323 macht er sich die Mühe, nicht nur Zeichnungen zu kolorieren, sondern jede Seite wie ein opulentes Bild zu gestalten.

Ist BERLIN 2323 nun einfach nur Spaß? Oder köchelt eine Prise Ernst mit im Topf? – Beides stimmt. Wenn wir den berühmten Rotarmisten, der bei der Eroberung Berlins 1945 die Fahne der Roten Armee hisst, in einem Comic entdecken ... Wenn wir in uralten Kinos Trümmerfrauen sehen ... Wenn ein rotznäsiger, außerirdischer Pavian verhindern muss, dass von Berlin ein neuer Weltkrieg ausgeht ... Dann sollte da was klingeln, nicht wahr? – Wenn aber am Abendhimmel die Burger-Buden schweben, wenn der Fernsehturm zum Bordell wird, wenn behelmte Engel Rosen für Ostmark offerieren, dann steckt dahinter nicht beinharte Zivilisationskritik. Dann reckt sich da kein Zeigefinger menetekelnd in die Höhe, sondern dann lassen zwei Kindsköpfe ihre Fantasie laufen. Muss man ja auch mal dürfen, oder?

Dirk Schulz und Robert Feldhoff, im Juli 2005

Fertig produzierte Seite 2 aus der allerersten Projektphase: Dirk Schulz entscheidet sich später für eine neue Colorierungstechnik, die Figur Yellowsam fällt dem veränderten Konzept zum Opfer.

Die Außerirdischen sind längst auf der Erde gelandet ...
... und sie sind
immer noch
hier!
Perry Rhodan
Die größte Science Fiction-Serie
TERRANOVA Band 1
Nr. 2300/32
Robert Feldhoff
Vorboten des Chaos
Erlebe die Erde im Jahr 4931:
Perry Rhodan
Die größte SF-Serie der Welt
Jede Woche neu im Zeitschriftenhandel
www.Perry-Rhodan.net